हिन्द पॉकेट बुक्स

श्रीकांत

शरत्चन्द्र चट्टोपाध्याय बांग्ला के सुप्रसिद्ध उपन्यासकार थे। उनका जन्म हुगली जिले के देवानंदपुर में हुआ। वे अपने माता-पिता की नौ संतानों में से एक थे। अठारह साल की अवस्था में उन्होंने इंट्रेंस पास किया। इन्हीं दिनों उन्होंने *बासा* (घर) नाम से एक उपन्यास लिख डाला, पर यह रचना प्रकाशित नहीं हुई। कुछ दिनों बाद उन्होंने अपना प्रसिद्ध उपन्यास *श्रीकांत* लिखना शुरू किया। बर्मा में उनका संपर्क बंगचंद्र नामक एक व्यक्ति से हुआ, जो था तो बड़ा विद्वान पर शराबी और उच्छृंखल था। यहीं से *चरित्रहीन* का बीज पड़ा, जिसमें मेस जीवन के वर्णन के साथ मेस की नौकरानी से प्रेम की कहानी है। *चरित्रहीन* उपन्यास को शुरू में *भारतवर्ष* के संपादक कविवर द्विजेंद्रलाल राय ने यह कहकर छापने से मना कर दिया था कि यह सदाचार के विरुद्ध है। लेकिन जब यह छपा तो विश्वप्रसिद्ध हो गया। विष्णु प्रभाकर द्वारा *आवारा मसीहा* शीर्षक से रचित उनका प्रामाणिक जीवन परिचय बहुत प्रसिद्ध है।

श्रीकांत

शरत्चन्द्र चट्टोपाध्याय

हिन्द पॉकेट बुक्स
पेंगुइन रैंडम हाउस इम्प्रिंट

हिन्द पॉकेट बुक्स

यूएसए। कनाडा। यूके। आयरलैंड। ऑस्ट्रेलिया। सिंगापुर
न्यू ज़ीलैंड। भारत। दक्षिण अफ्रीका। चीन

हिन्द पॉकेट बुक्स, पेंगुइन रैंडम हाउस ग्रुप ऑफ़ कम्पनीज़ का हिस्सा है,
जिसका पता global.penguinrandomhouse.com पर मिलेगा

पेंगुइन रैंडम हाउस इंडिया प्रा. लि.,
चौथी मंजिल, कैपिटल टावर -1, एम जी रोड,
गुड़गांव 122 002, हरियाणा, भारत

पेंगुइन
रैंडम हाउस
इंडिया

प्रथम हिन्दी संस्करण हिन्द पॉकेट बुक्स द्वारा 1968 में प्रकाशित
यह हिन्दी संस्करण हिन्द पॉकेट बुक्स में पेंगुइन रैंडम हाउस द्वारा 2022 में प्रकाशित

10 9 8 7 6 5 4 3 2

ISBN 9789353490324

मुद्रकः रेप्रो इंडिया लिमिटेड

www.penguin.co.in

FSC www.fsc.org MIX Paper from responsible sources FSC® C047271

This is a legitimate digitally printed version of the book and therefore might not have certain extra finishing on the cover.

श्रीकान्त

प्रथम पर्व

मेरा सम्पूर्ण जीवन भ्रमण में ही बीता है। इस घुमक्कड़ जीवन के तृतीय पहर में, उसका एक पर्व सुनाने बैठा हूं, तब न जाने कितनी बातें याद आ रही हैं।

पर और कुछ सुनाने के पहले मैं उस व्यक्ति का परिचय दे देना चाहता हूं जिसने जीवन के प्रभात में ही मुझे यह नशा चढ़ा दिया। उसका नाम था इन्द्रनाथ। पता नहीं वह आज जीवित है या नहीं। बरसों पहले एक दिन सुबह उठकर घर-बार, सम्पत्ति, कुटुम्ब सबको छोड़ एक धोती पहने वह चला गया, तब से नहीं लौटा।

फुटबाल का मैच था। मैं मगनमन देख रहा था। बंगाली हिन्दू और मुसलमान छात्रों की टीमें थीं। एकाएक झगड़ा हो गया, दो-तीन मिनट में ही भगदड़ मच गई। मेरी पीठ पर छाते का एक बेंट पड़ा, फिर पांच-सात मुसलमान छोकरों ने मुझे घेर लिया। एक बेंट और लगा। इसी समय काले रंग, चौड़े माथे और सुदृढ़ शरीर वाला एक किशोर उनके व्यूह को भेदकर बिजली की तेज़ी से अन्दर आया। उसकी बलिष्ठ भुजाएं घुटनों तक लम्बी थीं। उसका घूंसा क्या, बाघ का पंजा था। दो ही मिनट में मैं उसके पीछे बाहर आ गया। तब उसने कहा, "भागो!" मैं उसे वहां छोड़ जब किसी तरह भागने को तैयार नहीं हुआ, तब विवश होकर उसने भी मेरा साथ दिया। दोनों दौड़ते-भागते बहुत दूर निकल गए। मेरा गला सूख गया परन्तु इन्द्र ज़रा भी नहीं हांफा। जैसे कुछ हुआ ही न हो। उसने जेब से भंग निकालकर खा ली। मुझे भी देने लगा, पर मैंने नहीं ली। फिर

सिगरेट पीता हुआ एक ओर चला गया।

एक महीना बाद हम छत पर सोए हुए थे। बड़ी गर्मी थी और भयंकर अंधेरी रात। किसीको नींद नहीं आ रही थी। एकाएक बांसुरी का मधुर स्वर जंगल की ओर से पास आता सुनाई पड़ा। बांसुरी इस प्रकार मुग्ध कर सकती है, मैं नहीं जानता था। बुआ ने अपने बड़े लड़के से कहा, "क्यों रे नवीन! यह बांसुरी राय परिवार का इन्द्र ही बजा रहा है न?" नवीन भैया ने कहा, "और कौन बजाएगा, और जिसे किसी प्रकार का भय नहीं है उस इन्द्र को छोड़ कौन इस भयानक जंगल में से आएगा?" झगड़े के दिन मन में आया था : मैं भी ऐसा वीर होता! आज मन में आया : मैं भी ऐसी बांसुरी बजा सकता!

एक दिन स्कूल में हेडमास्टर ने अन्यायपूर्वक सज़ा के तौर पर उसके सिर गधे की टोपी लगानी चाही। बस उनकी पीठ पर घूंसा देकर स्कूल की रेलिंग फांदकर निकल आया और फिर किसी तरह भी स्कूल की ओर मुंह नहीं किया। कलम फेंक उसने नाव की डांड़ हाथ में पकड़ी। दिन-भर गंगा में नाव पर रहने लगा। उसकी अपनी छोटी डोंगी थी। कभी-कभी गंगा के बहाव में अपनी डोंगी छोड़ देता और डांड़ पकड़ चुप बैठ जाता। फिर दस-दस, पन्द्रह-पन्द्रह दिन तक उसका पता न लगता। यही था इन्द्र और इससे मैत्री बढ़ाने के लिए मैं व्याकुल था।

एक दिन बरसात की रात को उसने बताया, "मैं अपनी डोंगी पर मछली पकड़ने जाता हूं। चलता है?"

"इतनी रात को!"

"डर क्या है? तैरना तो जानता है?"

"खूब।"

"तब चल, मैं अकेला बहाव में नाव नहीं ले जा सकता।"

मैं उसके पीछे हो लिया। गोसाईं बाग के उस भयंकर जंगल को पार कर हम गंगा-तट पर पहुंच गए। खड़े कगार पर एक वट-वृक्ष स्वयं मूर्तिमान अंधकार-सा खड़ा है। लगभग तीस हाथ नीचे चट्टानों से टकराती जलधारा बड़े ज़ोर से भंवर बनाती दौड़ी जा रही है। वहीं बंधी इन्द्रनाथ की डोंगी ऐसी लगती थी मानो केले के

फूल का एक छिलका प्रखर प्रवाह में नाच रहा हो। मैं डरपोक नहीं था, पर जब इन्द्र ने नीचे तक लटकती रस्सी दिखाकर कहा, "इसी रस्सी के सहारे सावधानी से नीचे उतर जा, यदि फिसला तो फिर तेरा पता भी न लगेगा," तब मेरी छाती धड़क उठी। उसने बताया कि मेरे उतर जाने पर वह रस्सी खोल देगा और स्वयं कगार से झूलती लम्बी घासों को पकड़कर उतर जाएगा। उतरने के बाद अंधकार के कारण मुझे पता न लगा कि वह किस प्रकार उतर रहा है। मुझे केवल जलधारा का उन्मत्त गर्जन सुनाई पड़ रहा था। दो-तीन मिनट बाद ही इन्द्र आ गया और नाव ठेलकर स्वयं कूदकर उसपर बैठा। डोंगी तेज़ी के साथ बह चली।

कुछ देर में आगे-पीछे सब कुछ घने अंधकार में एक हो गया। रह गई केवल उद्दाम जलधारा, उसमें तेज़ी से बहती एक छोटी नाव और उसपर दो किशोर। कहीं ज़ोर की लहर, कहीं भंवर, कहीं पागल की तरह दौड़ने वाला जलप्रवाह। हमारी डोंगी एक ओर से दूसरी ओर जा रही है, परन्तु उस पार के दुर्भेद्य अंधकार में कहां जाकर लगेगी, इसका कुछ पता नहीं। एकाएक उसने पूछा, "डर लगता है श्रीकान्त?"

"नहीं।"

वह प्रसन्न हो गया। बोला, "यही चाहिए। जब तैरना आता है तब डर किस बात का?" मैंने सोचा—इस दुर्जय प्रवाह में तैरना जानने, न जानने में क्या अन्तर है! इसी समय 'भप्-भप्' का शब्द रह-रहकर सुनाई देने लगा। पूछने पर मालूम हुआ कि भयंकर जल-प्रवाह के कारण कगारे टूट-टूटकर गिर रहे हैं। निकट से न जाया जाएगा। कहीं कगार हमपर गिरा तो नाव-सहित पिस जाएंगे। इन्द्र के कहने से मैं डांड़ चलाने लगा। उसने कहा, "वह सामने नदी में जो टापू-सा बन गया है, उसके बीच से एक नहर चली गई है। उसीसे जाना होगा, किन्तु बड़ी सावधानी से। धीवरों को पता लग गया तो फिर लौटना न होगा। दूसरा रास्ता नहीं है।"

"तो फिर मछलियां चुराने की आवश्यकता नहीं है भैया!" कहकर मैंने डांड़ उठा लिया। नाव चक्कर खाकर लौट चली। इन्द्र ने गुस्से के साथ कहा, "तो आया क्यों कायर! चल तुझे पहुंचा

आऊं।" उस समय मैंने पन्द्रहवें साल में पैर रखा था। मैं कायर? तुरन्त डांड़ पानी में डाल प्राण लगाकर खेने लगा। इन्द्र खुश होकर बोला, "हां, मैं आज जंगल के निकट मकई के खेतों में से नाव को ऐसे ले जाऊंगा कि सालों को पता भी न लगेगा। माना उनकी चार नावें हैं, किन्तु यदि घिर ही गए तो चट कूदकर डुबकी लगा लेना और जितनी दूर पर हो सके, जाकर निकलना। छः-सात कोस पर ही तो सतूया का टीला है, उसपर जा चढ़ेंगे और सुबह तैरकर इस पार आ जाएंगे।" उस अंधेरी रात में भयानक जलप्रवाह को चीरकर छः-सात कोस तैरना और फिर रात-भर टीले पर बैठकर प्रभात की प्रतीक्षा करना! वास्तविकता की कल्पना से हृदय कांप उठा। नहर के मुहाने पर मछुओं की नावें दिखाई पड़ीं। नहर के बीच में लठ गाड़कर पानी रोक देते हैं और किनारे की ओर इधर-उधर जाल लगा देते हैं। बड़ी मछलियां रोहू आदि जब बहती आती हैं तब लठ से बाधा पा इधर-उधर से निकलना चाहती हैं और जाल में फंस जाती हैं। इन्द्र ने झट दस, पन्द्रह, बीस सेर के बड़े-बड़े मच्छ निकालकर अपनी नाव में डाल लिए। नाव लौट चली। एकाएक धक्का खाकर वह मकई के खेत में चली गई। मेरे पूछने पर इन्द्र ने कहा, "चुप! उन्हें मालूम हो गया है। चार नावें इधर ही आ रही हैं।" इन्द्र प्राणपण से लग्गी के ज़ोर से नाव को भीतर ठेलने लगा। कहीं पानी घुटनों तक ही रह गया, लग्गी कीचड़ में धंसने लगी। डोंगी अब ज़रा भी नहीं बढ़ती। पीछे आते धीवरों के शब्द सुनाई पड़ने लगे। पकड़े जाने में ज़रा भी शंका न रह गई। इन्द्र उस कीचड़ में कूदकर रस्सी को कमर में बांध नाव को खींचने लगा। थोड़ी दूर पर कनस्तर पीटने के शब्द होने लगे। पूछने पर इन्द्र ने कहा, "किसान जंगली सूअर भगा रहे हैं।" फिर देखा, मकई के पौधे हिलते हैं और छप-सा शब्द होता है। इन्द्र से मालूम हुआ कि लिपटे सांप आहट पाकर जल में कूद रहे हैं। कहीं सूखी ज़मीन न पा पौधों से ही लिपट गए हैं। मैं भयवश निर्वाक् निस्पंद, काठ जैसा बैठा रहा।

धीरे-धीरे मुख्य जलधारा में आ गए, इन्द्र ने नाव पर चढ़कर कहा, "अब कोई डर नहीं है।" नाव धारा में बह चली।

मुझे ज़ोरों की नींद आ रही थी। मैं इन्द्र से कहकर वहीं गुड़-मुड़ाकर लेट गया, पर नींद न आई। लगभग तीन घण्टे बाद 'खस्' से रेत के टीले पर नाव टकराई। उठकर देखा, रेतीला तट है। कुत्तों के भूंकने से समझ गया कि पास ही कोई बस्ती होगी। इन्द्र बोला, "तू यहां ठहर, मैं थोड़ी देर में आता हूं।" कहकर चला गया, पर फिर लौटकर बोला, "यदि कोई तुझसे मच्छ मांगने आए तो देना नहीं। मेरा रूप धरकर आए तो भी अपने हाथ से न देना, कहना—तू खुद उठा ले। खबरदार!"

"क्यों?" पूछने पर वह यह कहकर चला गया कि लौटकर बताऊंगा। मेरे रोंगटे खड़े हो गए। लगा, मानो शरीर की नसों में बर्फ का पानी प्रवेश कर गया हो। भय से होश-हवास गुम हो गया।

थोड़ी देर में इन्द्र के साथ दो आदमी आए। पहले मैं डरा, पर जब देख लिया कि चांदनी में उनकी छाया ज़मीन पर पड़ रही है तब समझा कि वे भूत नहीं, मनुष्य हैं। उन्होंने आकर मछलियों को अपने वस्त्र में बांध लिया और इन्द्र की मुट्ठी में कुछ थमा दिया। इन्द्र ने नाव खोल दी और लग्गी से प्रवाह के विरुद्ध उसे ले जाने लगा। मैं चुपचाप बैठा रहा, इस चोरी की मछली को यों बेचते देख मेरा मन घृणा से भर गया।

"अच्छा इन्द्र! तुमने मछली मांगने वाले भूत को देखा है?"

"नहीं भाई, देखा नहीं, उनके बारे में सुना है।"

"तुम्हें अकेले आने में डर नहीं लगता?"

"नहीं, राम का नाम ले लेता हूं। तब वे किसी प्रकार आ नहीं सकते। राम-नाम क्या सामान्य वस्तु है! उसे लेते-लेते तू सांप के मुंह में चला जाए तो भी तेरा कुछ नहीं बिगड़ेगा। किन्तु डरने से काम नहीं चलता। तब तो वे जान जाते हैं कि यह कोरी चालाकी है—वे अन्तर्यामी हैं न?"

कुछ दूर आगे जाने पर दुर्गन्ध आने लगी। पूछने पर इन्द्र ने कहा, "मुर्दे सड़ रहे हैं। चारों ओर भयानक हैज़ा फैला हुआ है। जलाने की लकड़ी सबको नहीं मिल पाती, सो वे मुंह को आग से छुआकर डाल जाते हैं, कुत्ते-सियार खाते हैं। वहां से यहां तक

सब श्मशान ही हो रहा है। अरे, डरता क्यों है रे ? गीदड़ आपस में लड़ रहे हैं। अच्छा आ, मेरे पास बैठ जा।" मेरे पास खिसक आने पर मुझे छूकर बोला, "डर क्या है श्रीकान्त ? मैं तो न जाने कितनी बार इस तरफ से आया-गया हूं। तीन बार राम का नाम ले लेने पर फिर किसकी ताकत है जो पास फटके ?"

मैंने कहा, "भाई ! पांव पड़ता हूं, यहां न उतर, सीधे चला चल।"

वह बोला, "नहीं श्रीकान्त ! एक बार जाना ही पड़ेगा। ये रुपये दिए बिना काम न चलेगा। वे राह देखते होंगे। मैं तीन दिन से नहीं गया।"

जहां हमें उतरना था, घाट का वह अंश खुला होने से चांदनी से प्रकाशित था। डोंगी लगते ही इन्द्र कूद पड़ा, पर कूदते ही उसके मुंह से 'उफ्' निकला। मैंने देखा—एक छः-सात साल का हृष्ट-पुष्ट गोरा बालक वहां पड़ा है। सारा शरीर पानी में और सिर रेती पर है। जान पड़ता था—मरे तीन-चार घण्टे ही हुए हैं और माता गंगा उसकी सुकुमार देह को अपनी गोद से उतारकर सैकत-सैय्या पर सुला रही हैं। इन्द्र की आंखों से आंसू झरने लगे। बोला, "श्रीकान्त, तू एक ओर हो जा, मैं इसे नौका में रखकर टीले के उस झाऊ वाले जंगल में रखे आता हूं।" दूसरे के दुःख में आंसू बहाना भी सरल नहीं, परन्तु उस दुःख के बीच दोनों हाथ बढ़ाकर जुट जाना बहुत कठिन काम है। वसिष्ठ का वंशधर होकर जन्मा था। मेरे मन में आया, न जाने किस जाति का लड़का है, इसे कैसे छुआ जा सकता है ? मेरे वैसा प्रश्न करने पर उसे उठाता हुआ इन्द्र बोला, "मुर्दे की क्या जात होती है ? यह तो हमारी डोंगी जैसा है। कोई कहता है कि यह आम की है या जामुन की ? बस, डोंगी है। ऐसे ही यह मुर्दा है।"

टीले पर आकर, इन्द्र ने उस बालक को अपूर्व ममता के साथ नीचे सुला दिया। मैंने वहां चलने को कहा, जहां जाना था। इन्द्र ने कहा, "आज वहां न जाऊंगा।" नौका खोलकर कहा, "श्रीकान्त ! राम का नाम ले। उसने मुझे 'भैया' कहकर पुकारा था और अभी इस नाव से बाहर नहीं गया है।" सुनते ही

मैं मुंह ढककर औंधा पड़ गया। कुछ होश न रहा। आंख खुली तब सुबह हो चुकी थी और नाव तट पर लगी हुई थी। इन्द्र ने कहा, "उठ!"

२

घर जाकर सतीश भैया के द्वारा दण्डित होने ही वाला था कि बुआ ने आकर बचा दिया। मुझे अपने कमरे में ले गईं, कपड़े बदलवाए, पेट-भर गर्म जलेबियां खिलाईं, फिर बिस्तर पर सुला दिया। उस रात तेज़ ज्वर हो गया। सात-आठ दिन तक खाट पर ही पड़े रहना पड़ा।

बहुत दिनों बाद इन्द्र से भेंट हुई। शनिवार को जल्दी स्कूल बंद हो जाने के कारण मैं लौट आया था और गंगा से लगे एक नाले के किनारे बंसी डालकर मछली पकड़ने बैठा था। बहुतेरे आदमी मछली पकड़ रहे थे। मेरे पास ही सरकण्डे के झुण्ड की आड़ में ओई आदमी दनादन मछलियां पकड़ रहा था। सोचा, उसीके पास जा बैठूं। उधर जाते ही वह बोला, "मेरी दाहिनी ओर आकर बैठ। अच्छा तो है श्रीकान्त?" इन्द्र को देख छाती धक् हो उठी। जिसकी मैं हर वक्त याद किया करता था, फिर भी, कहीं उससे भेंट न हो जाए, इस डर से सूखा जाता था, उसको सामने पाकर और अपने बगल में बैठने का अनुरोध करते देख न जाने कैसा लगा। जाकर बैठ भी गया किन्तु कुछ कह न सका। इन्द्र बोला, "मुझे बड़ा दुःख होता है कि तुझे उस दिन ले गया और तूने लौटकर मार खाई।"

मुझसे इन्द्र ने बताया कि अब वह वहां नहीं जाता। मैंने पूछा, "क्या एक दिन भी नहीं गए?" उसने कहा, "नहीं, एक दिन भी नहीं···" मुझे सौगन्ध खाकर कहते-कहते चुप हो गया। पूछा, "उस रात की बात तूने घर में किसीसे कही तो नहीं?" "नहीं।" सुनकर उसने फिर कुछ नहीं कहा। मुझे लगा कि वह मुझसे कुछ कहना चाहता है पर कह नहीं पाता। बड़ी देर बाद पूछा, "श्रीकान्त, तेरे पास रुपये हैं?"

"कितने रुपये?"

"यही चार-पांच।"

"हैं, लोगे ?"

"किन्तु मैं इन्हें लौटा न सकूंगा।"

"मैं कब लौटने की इच्छा रखता हूं ?"

सिर झुकाए वह बोला, "रुपये मैं अपने लिए नहीं चाहता। एक आदमी को देने के लिए मांग रहा हूं। उन्हें खाने-पीने का भी सहारा नहीं है। तू वहां चलेगा ?"

"वहीं न जहां जाने की बात उस रात को कह रहे थे ?"

"हां। रुपये तो मैं बहुत दे सकता था, परन्तु जीजी तो किसी तरह लेने को तैयार ही नहीं होतीं। तुझे न ले चलूंगा तो इन्हें भी न लेंगी। समझेंगी कि मैं मां के बक्स से चोरी कर लाया हूं। चलेगा श्रीकान्त ?" मैं वचन देकर लौट आया।

वचन तो दे आया पर वहां जाने में डर लगा रहा। दूसरे दिन सोचा, न जाऊं, पर खा-पीकर और पांच रुपये लेकर निकला तो वहीं जा पहुंचा जहां इन्द्र नाव पर बैठा मेरी राह देख रहा था। मैं कुछ कह ही न सका और चुपचाप नाव पर चढ़ गया। मेरे चढ़ते ही इन्द्र ने नाव खोल दी।

श्मशान के उसी घाट पर, वटवृक्ष की जड़ों में नाव बांध, जब हम रवाना हुए तो दिन बहुत शेष था। जंगल के बीच से दस मिनट तक चलने पर एक झोंपड़ी दिखाई दी। भीतर जाने का रास्ता बेंड़े से बंद था। खोलकर हम लोग भीतर गए और फिर उसे वैसे ही बंद कर दिया। घोर जंगल, फिर ठीक ऊपर इमली एवं पाकड़ वृक्ष ने उस स्थान पर और अंधेरा कर रखा था। हमारी आवाज़ से मुर्गियां और उनके बच्चे चीख उठे, बकरियां मिमियाने लगीं। सामने आंगन में बड़ा भारी अजगर पड़ा था। मैं डरकर बेंड़े पर चढ़ गया। इन्द्र ने बताया, "यह किसीसे नहीं बोलता; नाम है रहीम।" इतना कहकर उसने खींचकर उसे दूसरी ओर कर दिया। मैंने उतरकर दाहिनी ओर दृष्टि डाली—झोंपड़ी के बरामदे में फटी चटाइयों एवं कथरियों पर एक लम्बा, पतला-दुबला मनुष्य बैठा खांसी से हांफ रहा था। सिर में जटाजूट-सा बंधा था, गले में अनेक मालाएं थीं। शरीर के वस्त्र मैले हल्दी-रंग में रंगे थे। निकट से देखकर समझ गया कि वह सपेरा है। पांच-छः मास पूर्व मैं उसे अनेक स्थानों पर

देखता था, मेरे घर भी वह खेल दिखाने आया था। इन्द्र ने उसे 'शाहजी' कहकर पुकारा और उसके इशारे पर गांजे की चिलम भर दी। शाहजी ने ज़ोरों का दम लगा-लगाकर उसे खत्म कर दिया और तब चिलम नीचे रख दी। फिर इन्द्र से बातें करते-करते गर्म हो उठा और अनाप-शनाप गालियां देने लगा। इन्द्र ने उसे सह लिया, पर मैं कभी न सह सकता था। गाली देते-देते वह बेंड़े के सहारे बैठ गया, फिर सिर लटकाकर सो गया।

मैंने ऊबकर पूछा, "क्या तुम्हें जीजी के यहां रुपये देने नहीं चलना है ? समय जा रहा है।"

इन्द्र ने कहा, "जीजी के लिए ही तो बैठा हूं। यही तो उनका घर है।"

"अरे ! ये तो मुसलमान सपेरे हैं !"

"एक दिन तुझे बताऊंगा। सांप खेलाना दिखाऊं श्रीकांत ?" कहकर अन्दर जाकर छोटी-सी पिटारी और तूंबी उठा लाया। फिर तूंबी बजाते हुए ढक्कन को अलग कर दिया। बस, एक बड़ा गोखरू सांप एक हाथ ऊंचा फन फैलाकर खड़ा हो गया। इन्द्र के हाथ के ढक्कन में फन मारकर वह पिटारी से बाहर निकल पड़ा। इन्द्र आंगन में उछल गया, उसका मुंह भय से काला पड़ गया। उसने कहा, "यह तो नया है। मैं जिसे खेलाया करता था वह नहीं है।" सांप घर में घुस गया। मैंने कहा, "कहीं शाहजी को काट खाए तो ?" "अरे, जीजी आ गईं ! आना मत ! आना मत ! वहीं खड़ी रहो।" मैंने सिर उठाकर इन्द्र की जीजी को देखा, मानो राख से ढकी अंगार हो, जैसे युग-युगान्तरव्यापी कठोर तपस्या समाप्त कर अभी आसन से उठी आ रही हों। बाईं ओर कमर पर रस्सी से बंधी सूखी लकड़ियों का गट्ठर था, दाहिने हाथ की डलिया में कुछ शाक-सब्ज़ी थी। गेरुए रंग के रंगे उत्तर-भारतीय मुसलमानिन जैसे वस्त्र थे ; हाथ में लाख की दो चूड़ियां थीं, मांग सिन्दूर से भरी थी। लकड़ी का बोझा रखकर बेंड़ा खोलते हुए पूछा, "क्या है ?" इन्द्र ने सब बता दिया। बोलीं, "शायद वे अंदर सो रहे हैं, क्यों ?" इन्द्र ने कहा, "गांजा पीकर एकदम बेहोश पड़े हैं। चिल्लाने पर भी न उठेंगे।"

"अच्छा आओ, मैं पकड़े देती हूं।" पर इन्द्र ने रास्ता रोककर कहा, "तुम्हें काट खाएगा, मैं तुम्हें न जाने दूंगा।" इन्द्र के प्रेम का अनुभव कर उनकी दोनों आंखें छलछला उठीं। बोलीं, "अरे पगले! इतना पुण्य तेरी जीजी ने नहीं किया है। मुझे वह नहीं काटेगा, देख, अभी पकड़े देती हूं।" कहकर एक तेल का दिया जलाया और घर में जा दम-भर में सांप को पकड़ लाकर पिटारी में बन्द कर दिया। इन्द्र ने उनके चरणों की धूलि सिर पर लगाकर कहा, "यदि तुम मेरी जीजी होतीं!" जीजी ने दाहिने हाथ से इन्द्र की ठुड्डी को छूकर उस उंगली को चूम लिया और दोनों आंखें पोंछ लीं।

इन्द्र की ओर थोड़ी देर देखती रहकर जीजी बोलीं, "भैया! अब ऐसा काम कभी न करना। भाग्य से उसने पिटारी के ढक्कन पर ही फन मारा, नहीं तो आज कैसा अनर्थ हो जाता!"

इन्द्र ने कमर में बंधी एक सूखी जड़ी दिखाकर कहा, "इसके रहते मुझे वह काट नहीं सकता, और काट भी लेता तो शाहजी को जगाकर उनसे मांगकर ज़हरमोहरा बांध लेता। जीजी! मुझे एक ज़हरमोहरा दे दो न। कितने दिनों से मांग रहा हूं! न देना हो तो साफ कह दो। मैं फिर नहीं आऊंगा।"

इन्द्र ने ध्यान नहीं दिया, परन्तु किसी असीम व्यथा और लज्जा से जीजी का मुख एकदम काला पड़ गया। ज़बर्दस्ती सूखी हंसी हंसकर बोलीं, "क्या तू अपनी जीजी के यहां केवल सांप के मंत्र और ज़हरमोहरा के लिए आता है?"

इन्द्र बोल उठा, "और नहीं तो क्या! किन्तु शाहजी हमेशा मुझे झांसा ही देते रहते हैं, परन्तु आज मालूम हो गया कि तुम भी सब जानती हो। अब उनकी चापलूसी न करके तुम्हींसे सब मंत्र सीख लूंगा।...श्रीकान्त! शाहजी गांजा ज़रूर पीते हैं, परन्तु तीन दिन के मरे मुर्दे को आध घंटे के अन्दर उठाकर खड़ा कर दे सकते है। हां, जीजी! तुम भी तो मुर्दे को जिला सकती हो?"

जीजी एकाएक खिलखिलाकर हंस पड़ीं। वह हंसी कितनी मधुर थी! परन्तु वह दूसरे ही क्षण काले बादलों में छिप जाने वाली बिजली के समान विलीन हो गई। बोलीं, "मैं तो मुर्दे जिलाना जानती नहीं इन्द्र!"

"अच्छा, कौड़ी चलाना, घर बांधना, देह बांधना इत्यादि तो जानती हो ?"

जीजी ने सिर झुकाए हुए कहा,-"इन्द्र ! तेरी जीजी यह सब नहीं जानती। यदि तुम विश्वास करो तो सब बातें कहकर मैं अपनी छाती का बोझ कुछ कम कर लूं। बोलो ! मेरी बात पर विश्वास करोगे !"

मैं अब तक चुप था, झट बोल उठा, "मैं करूंगा जीजी ! तुम्हारी एक बात पर भी अविश्वास न करूंगा।"

कुछ देर चुप रहकर जीजी बोलीं, "सोचा था, आज ही सब कहानी तुम्हें सुना दूं, किन्तु सोचकर देखा, वह समय अभी नहीं आया है। किन्तु एक बात मेरी मान लो। हमारी करामात सब एकदम प्रवंचना है, इसलिए झूठी आशा से तुम शाहजी के पीछे चक्कर न काटो। हम तंत्र-मंत्र कुछ नहीं जानते, हममें कोई शक्ति नहीं है। सांप को पकड़ना तो एक कौशल की बात है।"

इन्द्र बिगड़कर बोला, "नहीं जानते तो ठगकर मुझसे इतने रुपये क्यों लिए ?"

किरासिन की ढिबरी के प्रकाश में मैंने देखा, जीजी का मुंह मुर्दे जैसा सफेद पड़ गया है। बोलीं, "हम लोग मदारी जो हैं, ठगना ही हमारा व्यवसाय है भैया !"

"तुम्हारा व्यवसाय मैं सब ठीक कर देता हूं। चल रे श्रीकान्त ! ऐसे धूर्तों से बचना ही ठीक है।" इन्द्र ने मेरा हाथ पकड़कर खींचते हुए कहा।

इन्द्र की न जाने कितने दिनों की पोषित इच्छाएं चकनाचूर हो गई थीं। इसलिए उसकी उत्तेजना स्वाभाविक थी। मैंने हाथ छुड़ाकर जीजी के आगे पांच रुपये रख दिए और बोला, "ले लो, तुम्हारे ही लिए लाया हूं जीजी !" पर इन्द्र ने झपटकर उन्हें उठा लिया और कहा, "अब और रुपये ! धूर्तता से न जाने कितने ये ले चुके हैं, डाकू साले !" शोरगुल में शाहजी का नशा उखड़ गया। उठकर बोला, "क्या हुआ इन्द्रनाथ ?"

"जंत्र-मंत्र कुछ जानता नहीं और चकमा देकर मुझसे रुपये वसूल करता रहा !" इन्द्र ने तड़पकर कहा।

"नहीं जानता, यह किसने कहा ?"

जीजी की ओर संकेत करके इन्द्र ने कहा, "इन्होंने कहा है कि तुम कुछ नहीं जानते, ठगना ही तुम्हारा व्यवसाय है। मिथ्यावादी! चोर!"

शाहजी की आंखें भक से जल उठीं। जटाएं संभालता जीजी के पास जाकर बोला, "कहा है तूने ?"

इन्द्र ने मुझे खींचते हुए कहा, "चल! रात हो रही है।" कुछ आगे बढ़ते ही शाहजी की गर्जना सुनाई दी, "कहा है तूने ?" इसके बाद भयंकर आर्तनाद सुनाई पड़ा। इन्द्र तुरन्त उधर दौड़ा। मैं दौड़ने में एक कंटीली झाड़ी पर जा गिरा। किसी तरह छुड़ाकर जो शाहजी की झोंपड़ी में पहुंचा तो देखा—जीजी आंगन में बेहोश पड़ी हैं और गुरु-शिष्य में गुत्थमगुत्थी हो रही है। पास ही एक तेज़ धार की बर्छी पड़ी है। देखते-देखते इन्द्र शाहजी की छाती पर चढ़ बैठा और उसका गला दबोचने लगा। मैंने बड़ी कठिनाई से खींचकर अलग किया, तब देखा कि इन्द्र के कपड़े खून से सन गए हैं। वह बोला, "साले ने मुझे बर्छी मारी है।" मैंने देखा—उसकी बांह पर दो-तीन इंच गहरा घाव है जिससे बराबर खून बह रहा है। मैं रो पड़ा और इन्द्र के आदेशानुसार घाव को कपड़े से बांध दिया। इन्द्र शाहजी से बोला, "खबरदार! चुपचाप पड़े रहना, नहीं तो जीभ निकाल लूंगा।...नहीं, तेरा विश्वास नहीं, तू खून कर डालेगा।" यह कहकर उसने शाहजी की पगड़ी से ही उसके दोनों हाथ खूब कसकर बांध दिए। फिर जीजी के मुख पर पानी के छींटे देते हुए कहने लगा, "जिस दिन जीजी ने कहा कि 'इन्द्रनाथ तेरी कमाई के पैसे होते तो मैं ले लेती, अब घर से लाए पैसे लेकर अपना इहलोक-परलोक न बिगाड़ूंगी,' उस दिन से इस शैतान के बच्चे ने उन्हें न जाने कितना पीटा है। फिर भी जीजी लकड़ी-कण्डे को ढो-बेचकर किसी तरह इसे खिलाती-पिलाती हैं, तब भी यह उनका नहीं हुआ। किन्तु अब मैं इसे पुलिस के हाथ दूंगा, नहीं तो यह जीजी का खून कर डालेगा।" मुझे लगा शाहजी के चेहरे पर अपराधी की आशंका उमड़ आई और वह सिहर उठा।

जीजी जब होश में आईं तब आधी रात हो चुकी थी। हमारे

मुंह से सब हाल सुनकर वे उठकर खड़ी हो गईं और शाहजी का बंधन खोलकर बोलीं, "जाओ, अब सो रहो।" उसके चले जाने पर इन्द्र के सिर पर हाथ रखकर कहा, "इन्द्र ! मेरा सिर छूकर शपथ ले कि अब कभी तू इस घर में न आएगा। मेरा चाहे जो हो, तू अब खोज-खबर न लेना।"

इन्द्र उत्तेजित होकर बोला, "हां, हां, मेरा खून कर रहा था सो तो कुछ नहीं, और मैंने इसे बांध दिया तो तुम्हारा इतना क्रोध ! कलियुग है न। तुम दोनों कितने नमकहराम हो ! चल श्रीकान्त !"

जीजी कुछ न बोलीं, कुछ प्रतिवाद न किया। उस समय उनके मौन को मैं बिलकुल न समझ सका और वहीं खंभे के पास पांच रुपये छोड़कर चला आया। इन्द्र ने आंगन के बाहर से चिल्लाकर कहा, "हिन्दूकन्या होकर जो एक मुसलमान के साथ भाग आती है, उसका धर्म-कर्म क्या ?"

हम दोनों आकर नाव पर बैठ गए। इन्द्र चुपचाप नाव खेने लगा। बीच-बीच में अपनी आंखें पोंछ लेता था। पिछली रात को नाव घाट पर लगी। मुझे उतारकर इन्द्र ने कहा, "तुझे साथ लाने से एक न एक झगड़ा उठता है। अब तुझे कभी साथ न लाऊंगा। जा, चला जा।" और नाव घुमाकर न जाने किधर चला गया।

३

तीन-चार महीने कट गए। मन में जो भी हो, किसीने किसीकी खबर न ली। दत्त-परिवार के घर में काली-पूजा के समय 'मेघनाद-वध' नाटक का अभिनय देखने मैं भी गया था। मेघनाद की वीरता देख मेरे आनन्द की सीमा नहीं थी। इसी समय पीठ पर किसीकी उंगली का दबाव पड़ा। सिर घुमाकर देखा तो इन्द्र था। बोला, बाहर आ श्रीकान्त ! जीजी तुझे बुलाती हैं।" बिजली का करेंट-सा लगा। बाहर आने पर उसने कहा, "मेरे साथ चल।" चलकर गंगा-घाट पर पहुंचे। नाव में जा बैठे। इन्द्र ने रस्सी खोल दी। फिर श्मशान के पास नाव बांध दोनों शाहजी की कुटी पर पहुंचे। मिट्टी के तेल की ढिबरी जलाए जीजी बैठी हुई थीं। उनकी गोद में शाह-

जी का सिर था और पैरों के पास एक लम्बा-काला सांप पड़ा था। जीजी ने सब घटना सुना दी। "किसीके घर से सांप पकड़ने का बुलावा आया था। सांप पकड़ने में जो इनाम मिला, उसकी ताड़ी पी ली। नशे में ही सांप से खेलते रहे। फिर हांडी में बन्द करते समय मुंह के पास लाकर प्यार करना चाहा कि उसने गले में काट लिया। तब उन्होंने समझा, अंतिम समय आ गया है। 'हम दोनों साथ चलेंगे' कहकर सांप का सिर पांव से दबा दिया—इतना कि वह मर गया। दोनों के खेल खत्म हो गए। अच्छा ही हुआ इन्द्र! मैं भगवान को दोष नहीं देती। तुम लोग अभी बच्चे हो, पर तुम्हारे सिवा मेरा और कोई है नहीं। वहां जंगल में जगह है। सुबह वहीं ले जाकर सुला देना। इस जीवन में इन्होंने अनेक कष्ट भोगे हैं—वहां कुछ शान्ति पाएंगे।"

सुबह हमने जाकर कब्र खोदी और तीनों मिलकर उसीमें शाह जी को सुला आए। यह स्थान जाह्नवी के ठीक ऊपर था। सहसा जीजी कब्र पर लोटकर विदीर्ण कण्ठ से चिल्ला उठीं, "मां गंगा! मुझे भी अपने चरणों में स्थान दे। मेरे लिए अब कहीं जगह नहीं है।"

इन्द्र ने कहा, "जीजी! मैं जानता हूं, तुम हिन्दूकन्या हो। मेरे यहां चलो। मां तुमको गोद में उठा लेंगी।"

थोड़ी देर बाद हम तीनों ने जाकर गंगा में स्नान किया। जीजी ने हाथ की चूड़ियां और सुहाग की कण्ठी तोड़ गंगा में बहा दी और मस्तक का सिन्दूर पोंछ विधवा की भांति कुटी में लौट आईं। उन्होंने बताया कि शाहजी उनके पति थे। इन्द्र ने पूछा, "तुम तो हिन्दू-कन्या हो जीजी?"

"हां, ब्राह्मण की लड़की हूं और वे भी ब्राह्मण थे।"

"तब उन्होंने जाति क्यों खो दी?"

"यह नहीं जानती, पर जब उनकी जाति खो गई तो उनके साथ मेरी भी चली गई। नहीं तो स्वयं न जाति छोड़ी, न कोई अनाचार किया।"

"तुम्हें मेरे घर चलना ही होगा जीजी!" इन्द्र ने कहा।

"अभी मैं कहीं भी न जा सकूंगी। वे कुछ ऋण छोड़ गए हैं। जब तक चुका न लूंगी, कहीं न जाऊंगी।"

"जानता हूं—गांजे, ताड़ी की दूकान का देना होगा। पर तुम्हें कौन रोकेगा ? मेरे साथ चलो।" इन्द्र ने कहा।

"मुझे रोकने वाला स्वयं मेरा धर्म है। मेरे पास जो कुछ है उसे बेच-बाचकर कर्ज़ भर दूंगी। आज तुम लोग जाओ। फिर किसी दिन आना।"

अब मैं बोल पड़ा, "जीजी ! मेरे पास घर में चार-पांच रुपये पड़े हैं, ले आऊं ?" जीजी ने मुझे छाती से चिपटा लिया; बोलीं, "नहीं भैया, उस दिन तुम जो पांच रुपये रख गए थे, उसे मैं जन्म-भर न भूलूंगी। भगवान सदा तुम्हारे हृदय में दीन-दुखियों के लिए दया बनाए रखें।" कहते-कहते उनकी आंखें बरस पड़ीं। कुछ दूर पहुंचाने आईं। जीजी ने कहा, "इन्द्रनाथ ! श्रीकान्त को आशीर्वाद दे दिया, परन्तु तुम्हें आशीर्वाद देने का साहस मुझमें नहीं है। तुम उससे परे हो। तुम्हें भगवान के श्रीचरणों में सौंपती हूं, वे तुम्हें अपना लें।"

हम लौट आए। तीन दिन बाद की बात है। स्कूल से बाहर निकलते ही देखा—इन्द्रनाथ खड़ा है। मुंह सूखा, चेहरा बेरंग। इस रूप में मैंने उसे कभी न देखा था। बोला, 'जीजी नहीं हैं, न जाने कहां चली गईं। कल से बहुत जगह ढूंढ़ा, कहीं न मिलीं। तेरे नाम एक चिट्ठी छोड़ गई हैं, यह ले।" कहकर वह चला गया। उसका हृदय इतना पीड़ित था कि किसीसे बात करना भी उसके लिए सम्भव न था। मैं वहीं धम से बैठ गया और चिट्ठी पढ़ने लगा :

"जाते समय तुम्हें आशीर्वाद दिए जाती हूं। आज ही नहीं, जब तक जिऊंगी आशीर्वाद देती रहूंगी। मेरे लिए दुःख न करना। मेरी सब बातें तुम आज नहीं समझोगे, पर बड़े होने पर समझ जाओगे। मेरी कहानी ही मेरे स्वामी की भी कहानी है। जब-जब कहना चाहा, मन में आया कि स्त्री होकर पति-निन्दा करके पाप का बोझ नहीं बढ़ाऊंगी। पर अब वे परलोक चले गए हैं, इससे कहने में दोष नहीं रहा—ऐसा तो नहीं है, किन्तु उसे कहे बिना तुमसे विदा भी लेते नहीं बन रहा है।

"श्रीकान्त ! तेरी इस दुखिया जीजी का नाम अन्नदा है। पति का नाम नहीं ले रही हूं। कारण कहानी पढ़कर जान जाओगे।

मेरे पिता बड़े आदमी हैं। कोई पुत्र नहीं। हम केवल दो बहिनें थीं। इसीलिए मेरे पिता ने मेरे पति को एक दरिद्र के घर से लाकर, पढ़ा-लिखा, उन्हें आदमी बनाना चाहा। पर पढ़ा-लिखाकर भी 'आदमी' नहीं बना सके। मेरी विधवा बड़ी बहिन घर में ही रहती थी। उसकी हत्या करके वे एक दिन भाग गए। यह काम उन्होंने क्यों किया, इसे बड़े होने पर एक दिन जान सकोगे। यह दुःख कितना बड़ा है, यह लज्जा कितनी मर्मवेधी है! फिर भी मैंने सब कुछ सह लिया। ...उस घटना के सात साल बाद उन्हें फिर देखा। जिस वेश में तुमने उन्हें देखा है, उसी वेश में वे मेरे घर के सामने सांप का खेल दिखा रहे थे। कोई और पहचान न सका, पर मैंने पहचान लिया। एक दिन गहरी रात में मैंने पति के लिए गृह-त्याग कर दिया। परन्तु सबने यही जाना-समझा कि अन्नदा कलंकिनी बनकर घर से निकल गई। यह कलंक का भार मुझे जीवन-भर लादे फिरना होगा। उसका कोई उपाय नहीं है। पति के जीवित रहते किसी तरह अपने को प्रकट न कर सकी, क्योंकि जानती थी कि पिता, सन्तान के हत्यारे को कभी क्षमा न करेंगे। आज वह भय नहीं है। उनसे जाकर कह सकती हूं, पर इतने दिनों बाद इसपर विश्वास कौन करेगा!

"मेरे पास सोने की दो बालियां छिपी पड़ी थीं। उन्हें बेचकर कर्ज़ चुका दिया है। जो तुम पांच रुपये दे गए थे, उन्हें खर्च न कर सकी। बड़े रास्ते के मोड़ पर जो मोदी की दुकान है, उसके मालिक के पास रखे जा रही हूं। मांगते ही तुम्हें मिल जाएंगे। दुःख न करना। रुपये लौटाकर भी तुम्हारे कोमल हृदय को अपने हृदय में रखे लिए जा रही हूं। मेरा आदेश है कि तुम लोग मेरी याद करके अपना मन खराब न करना। केवल यही कहे जाती हूं कि भगवान यदि पतिव्रता स्त्री की बात रखते हैं, तो तुम दोनों की मित्रता सदा बनी रहेगी। —तुम्हारी जीजी, अन्नदा"

मोदी के यहां जाने पर सब बातें मालूम हुई कि ऋण चुकाने के अनन्तर केवल साढ़े पांच आने पैसे उनके पास बचे थे। उन्हें लेकर वे संसार के दुर्गम मार्ग पर अकेली चली गईं, मेरा कुछ भी नहीं स्वीकार किया। अब जान पाया हूं कि मुझमें पुण्य नहीं था जो उन्हें दान कर सकता। मैं जो देता, वह उस जलती अग्नि-शिखा में भस्म

हो जाता।

तब से बहुत जगह घूमा हूं, पर कहीं उन्हें देख नहीं सका। तभी से मैंने एक सत्य प्राप्त किया है—नारी के कलंक की बात पर मैं सहसा विश्वास नहीं करता, क्योंकि मुझे जीजी याद आ जाती हैं।

४

एक तुच्छ बात इतने दिनों तक मन के भीतर छिपी रहकर आज इतनी बड़ी हो उठी है कि उसका पता पाकर मैं स्वयं विस्मित हो रहा हूं। वही आज पाठकों को सुनाता हूं। यह बहुत बाद की बात है। जीजी की स्मृति भी उस समय धुंधली हो गई थी। एक राजा के लड़के की शिकार-पार्टी में मैं शामिल हुआ था। उसके साथ बहुत दिनों तक स्कूल में सहपाठी रह चुका था। वह मुझे बहुत चाहता था। उसने सुना था कि मैं राइफल चलाने में बेजोड़ हूं तथा अनेक गुण और भी मैंने अर्जित कर लिए हैं। इसलिए बालिग होकर अधिकार प्राप्त होने पर उसने सोचा, मैं उसका अन्तरंग मित्र होने के सर्वथा योग्य हू। उसके निमन्त्रण पर गया। स्टेशन से दस-बारह कोस हाथी पर बैठकर जाना पड़ा। देखा, राजपुत्र के बालिग होने के सब लक्षण मौजूद हैं; पांच शामियाने गड़े हुए हैं—एक उनका, एक मित्रों का, एक नौकरों के लिए, एक रसोई के लिए और पांचवां कुछ दूर पर था जिसके दो हिस्से कर दिए गए थे। इनमें दो वेश्याएं और उनके साज़िन्दे अड्डा जमाए हुए थे।

मैं पहुंचा, तब राजकुमार के खास तम्बू में गाने का जलसा हो रहा था। मेरा खूब स्वागत किया गया। ये बाईजी पटना से दो सप्ताह के लिए आई थीं—सुन्दर, सुकण्ठ और गाने में निपुण थीं। राजकुमार ने मुझसे गाने की कोई फर्माइश करने का अनुरोध किया। मैंने देखा कि संगीत की उस महफिल में मैं ही कुछ देख-समझ सकता हूं, और सब अंधे हैं। बाईजी प्रसन्न हो उठीं। इन मूर्खों के दरबार में एक समझदार व्यक्ति पाकर मानो वे बच गईं। इसके बाद रात में कुछ देर तक, मेरे लिए अपनी समस्त विद्या, समस्त सौंदर्य और कण्ठमाधुर्य का परिचय देती रहीं। नाम था प्यारी। मैं मुग्ध हो गया और गाना बन्द होते ही मेरे मुंह से निकला, "बहुत

अच्छा !" प्यारी ने दोनों हाथ मस्तक पर लगा प्रणाम किया। मजलिस उस रात के लिए खत्म हो गई। दर्शकों में अधिकांश बेहोश हो गए थे। बाईजी जब अपने तम्बू में जाने के लिए बाहर निकलीं तो मैंने कहा, "मेरा सौभाग्य है कि दो सप्ताह तक रोज़ तुम्हारा गाना सुनने को मिलेगा।" प्यारी ने कहा, "मैंने तो रुपये लिए हैं, इसलिए रहना ही पड़ेगा, परन्तु आप भी क्या इतने दिन इन मूर्खों की मुसाहिबी करेंगे ? कल ही अपने घर चले जाइए।" मैं ठक्-से रह गया। बाईजी अपने तम्बू में चली गईं।

दूसरे दिन चिड़ियों के शिकार के लिए तैयारी हुई। मैंने कह दिया, मैं चिड़ियों को नहीं मारता। रात बाईजी की बात से मेरा मिज़ाज ठिकाने नहीं था। लोग चले गए। मैं तम्बू में लौटकर लेट गया और बैरा से एक प्याला चाय लाने को कह, सिगरेट पीने लगा। बैरे ने आकर कहा, "बाईजी आपसे मिलना चाहती हैं।" पूछने पर मालूम हुआ कि उसका नाम रतन है और वह बाईजी का खानसामा है। बाईजी और वह दोनों बंगाली हिन्दू हैं। मुझे तम्बू तक साथ ले जाकर रतन चला गया। अन्दर जाकर देखा—बाईजी अकेले प्रतीक्षा कर रही हैं; गरद की साड़ी पहने हैं, भीगे बिखरे हुए बाल पीठ पर फैले हैं, पास में पानदान और हुक्का रखा है। बोलीं, "आपके सामने हुक्का न पिऊंगी। ले जा रतन। ज़रा शान्ति से बैठ जाइए, बहुत-सी बातें करनी हैं। भगवान कब किससे मिला देते हैं, कोई नहीं जानता। अच्छा, बाबूजी तो अच्छे हैं न ?"

"उनका स्वर्गवास हो गया।"

"हैं ! और मां ?"

"वे तो पहले ही चली गई थीं।"

उनकी आंखें छलछला उठीं, बोलीं, "तो अब तुम्हारी देखरेख करने वाला कोई नहीं रहा ? बुआजी के पास ही रहते हो न ? और कहां रहोगे ? ब्याह नहीं हुआ, यह तो देख रही हूं।"

मैं रुखाई से बोला, "कौन हो तुम ? तुम्हें कहीं देखा है, ऐसा तो याद नहीं पड़ता, तब मेरे बारे में इतना जानने से तुम्हें लाभ क्या है ?"

वह बोली, "लाभ-हानि ही क्या संसार में सब कुछ है—माया,

ममता, प्यार कुछ नहीं ? मेरा मुंह देखकर भी न पहचान सके तो लड़कपन के नाम से कैसे पहचानोगे ? तुमने मेरी आंखों से जितना पानी गिरवाया है, उसे सूर्यदेव ने सुखा दिया है, नहीं तो तालाब भर गया होता। इसपर विश्वास कर सकते हो ?"

उस समय विश्वास न कर सका, किन्तु वह मेरी भूल थी। प्यारी कुछ देर रुककर बोली, "तुम्हें जितना भोला समझा था, उतने भोले तुम नहीं हो, तब तुमने मुसाहिबी क्यों ग्रहण की है ? जाओ, यहां से चटपट चले जाओ।"

क्रोध से मैं जल उठा। बोला, "नौकरी जितने दिन की हो, अच्छी। बैठे से बेगार भली। अच्छा, जाता हूं, नहीं तो लोग न जाने क्या समझेंगे !"

"समझें तो तुम्हारे सौभाग्य की बात होगी महाराज !"

मैं उत्तर दिए बिना चला आया, परन्तु उसका परिहास बिच्छू के डंक की तरह हृदय में चुभकर जलाने लगा। मैंने लौटकर चाय पी, फिर चुरुट पीता हुआ सोचने लगा—यह कौन है ? मुझे खूब पहचानती है, बुआ तक को जानती है, पर मैं पहचान नहीं पाया। मुझे भगा देना क्यों चाहती है ? इसी तरह तीन-चार दिन बीत गए। जब प्यारी रहती, तब लगता मानो मुझे कोई मार रहा हो; किन्तु मैं देखता, वह हर समय मेरी ओर दृष्टि रखती है। दो-तीन दिन हंसी-मज़ाक करने की चेष्टा भी की, पर मेरा गम्भीर रुख देखकर सन्न हो रही। वहां ठहरना मेरे लिए कठिन हो गया। शनिवार आया। खा-पीकर आज चला जाऊंगा—यह निश्चय होते ही सुबह से गाने-बजाने की महफिल जम गई। गाना-बजाना खत्म हुआ तो भूत-प्रेत की बात चल पड़ी। एक वृद्ध महाशय ने कहा कि यहां के श्मशान में आज अमावस्या की रात को साक्षात् महाभैरवी नाचती और नर-मुण्डों के गेंद खेलती हैं। बहुतेरे अविश्वासी अंग्रेज़, ईसाइयों की हृदयगति वहां जाकर बन्द हो चुकी है। सुनकर मैं हंस दिया और वहां जाने का निश्चय सबके सामने प्रकट कर दिया। इनमें से पुरुषोत्तम नाम का एक युवक भी साथ चलने को तैयार हो गया।

अभी वहां जाने में घण्टे-भर की देर थी। मैं तम्बू के पास टह-

लने लगा। इतने में रतन ने आकर कहा, "बाईजी ने आपको प्रणाम कहा है।" मैंने खीझकर कहा, "आज मेरे पास समय नहीं, बाहर जाना है, कल मिल सकूंगा।" रतन बोला, "तब वे स्वयं आएंगी।" इतने आदमियों के बीच वह आ न जाए, इसलिए मैं चुपचाप राइफल लिए उसके पास गया। वह सामने खड़ी थी, गुस्से में बोली, "मसान में तुम्हारा जाना न होगा। क्या वहां से तुम जीवित लौट सकोगे ?" इतना कह वह रोने लगी। मैं विह्वल होकर उसकी ओर देखता रह गया। वह कहने लगी, "देखूं, कैसे जाते हो ! मैं भी तुम्हारे साथ चलूंगी।" मैंने कह दिया, "चलो न !" वह बोली, "हां तब तो देश-विदेश में तुम्हारी कीर्ति की सीमा न रहेगी। लोग कहेंगे, एक नर्तकी को लेकर बाबू साहब भूत देखने गए थे। पहले तो तुम ऐसे नहीं थे। तुम्हारा इतना अधःपतन होगा, कभी सोचा भी न था।" मुझे गुस्सा नहीं आया, लगा जैसे मन ही मन मैं उसे पहचान गया हूं। बोला, "तुम भी ऐसे अधःपतन की राह में जा पड़ोगी, इसे किसने सोचा था !"

वह बोली, "मेरे विषय में तुम क्या जानते हो ? मैं कौन हूं ?"

मैंने कहा, "जानता हूं, पर अब समय नहीं है, मैं जानता हूं।" प्यारी राह रोककर खड़ी हो गई। मैंने कहा, "सचमुच के भूत होते हैं, यह नहीं जानता; पर झूठ-मूठ के भूत रास्ता रोकते हैं, गर्दन दबोचकर खा जाते हैं।" प्यारी बोली, "तब तुमने मुझे नहीं पहचाना।" मैं बोल उठा, "मैंने तो भूत की बात कही है, क्या तुम भूत हो ?" वह बोली, "भूत ही तो हूं। जो मरकर भी नहीं मरते वही तो भूत हैं। एक तरह से मैं मर चुकी, पर मेरे मरने की बात मां ने फैलाई थी। सुनना चाहते हो ?" इतना सुनते ही मैंने ठीक पहचान लिया कि वह राजलक्ष्मी है। बहुत वर्ष हुए, माता के साथ तीर्थयात्रा में गई थी, पर लौटकर नहीं आई। मां ने लौटकर कह दिया—काशी में हैज़े से मृत्यु हो गई। अब सब याद आ गया। मैं जब गांव की पाठशाला में पढ़ता था, तब इसके कुलीन बाप ने दूसरा विवाह करके स्त्री को सुरलक्ष्मी और राजलक्ष्मी नामक दोनों लड़कियों के साथ घर से निकाल दिया। उस समय सुरलक्ष्मी बारह-तेरह की और यह आठ-नौ की रही होगी। रंग इसका सुन्दर था, पर मलेरिया और

प्लीहा से बुरा हाल था। मेरी मार के डर से यह करौंदे की माला गूंथकर मुझे दिया करती थी। माला छोटी होने पर मैं चपतियाता था। यह गुमसुम हो जाती, पर कभी न कहती कि कंटीली झाड़ी में घुसकर करौंदे लाने में इसे कितना कष्ट होता है। फिर विवाह हुआ—विवाह क्या, विवाह का नाटक हो गया। एक कुलीन रसोइये ने सत्तर रुपये लेकर दोनों बहिनों की भांवर एकसाथ कर ली और उसी रात रुपये लेकर भाग गया। फिर किसीने उसे नहीं देखा। डेढ़ वर्ष बाद तिल्ली के ज्वर से सुरलक्ष्मी मर गई और फिर डेढ़ वर्ष बीतने पर राजलक्ष्मी के काशी में शिवत्व प्राप्त करने का समाचार फैल गया।

प्यारी बोली, "तुम सोच रहे हो, लड़कपन में इसे कितना कष्ट दिया है। मार खा-खाकर रो लेती थी, पर चाहती कुछ न थी, इसलिए आज इसका अनुरोध मान लूं। बचपन में जिससे प्यार हो जाता है, क्या वह भूलता है? रतन, बाबूजी के जूते खोल दे। अरे, हंसते हो?"

"हंसता हूं, यह देखकर कि तुम लोग मनुष्य को किस प्रकार भुलाकर वश में कर लेती हो।"

प्यारी हंसकर बोली, "दूसरों के लिए यह ठीक है, किन्तु होश संभालते ही स्वयं जिसके वश में रही हूं, उसे क्या बातों में भुलाया जा सकता है? पर तुम तो मुझे बिलकुल ही भूल गए लगते हो?"

"मैंने तुम्हें हृदय में स्थान ही कब दिया था कि न भूलता? अच्छा, बारह बज गए, अब जाता हूं।"

"प्यारी का हंसता चेहरा पल-भर में फीका पड़ गया। संभलकर बोली, "जानती थी कि तुम जिस धातु के बने हो, उससे मैं तुम्हें रोक न सकूंगी। अच्छा जाओ, पर यदि कुछ हो गया तो इस विदेश में राजे-रजवाड़े काम न आएंगे, वह दुःख मुझे ही झेलना पड़ेगा। मेरा तो स्त्री-हृदय है। विपत्ति के समय मैं तो न कह सकूंगी कि पहचानती नहीं।"

"अच्छा तो होगा। मेरा तो कोई कहीं नहीं है। मैं भी जान लूंगा कि मेरा भी कोई है।"

"सो क्या तुम जानते नहीं? मेरा जितना अपमान करो, राजलक्ष्मी तुम्हें छोड़कर न जा सकेगी। जा सकती तो अच्छा होता, तुम्हें

सीख मिल जाती। किन्तु बुरी है यह स्त्री की जाति। एक बार भी किसीसे प्यार किया कि मरी। जब मुझे संसार के भले-बुरे का ज्ञान न था, तब का मेरा यह धन है, आज का नहीं। मेरे ऐसे भाग्य कहां कि तुम्हारे काम आऊं? पर कभी ऐसा हुआ तो जन्म सफल मानूंगी।" मैंने कहा, "भगवान तुम्हारी इच्छा पूरी करें। इतना कहकर चल दिया।

मुझे पता भी न चला कि कब मैं आम के बगीचे से जानेवाले अंधेरे रास्ते को पार कर नदी के बांध पर पहुंच गया। मैं प्यारी की बातों में डूबा सोच रहा था, 'स्त्री-जाति का मन कैसा अचिन्तनीय होता है! अपने घृणित जीवन के सैकड़ों झूठे प्रेमाभिनयों के बीच बचपन के प्रेम को न जाने किस प्रकार उसने जीवित रखा।' सोचते-सोचते ऊपर रोते चमगादड़ के वच्चे के भयानक स्वर को लांघता मैं महाश्मशान के एक भाग में जा खड़ा हुआ। मुण्ड सचमुच अनेक थे। परन्तु मेरे सिवा दूसरा शरीरधारी वहां न था। एकाएक हवा के झोंके आने लगे और खोपड़ियों में से हवा के गुज़रने से चारों ओर उसांसों की झड़ी-सी लग गई। लगा, जैसे मुझे घेरकर हज़ारों आदमी उसांसें ले रहे हों और हाय-हाय कर रहे हों। चमगादड़ का बच्चा और ज़ोर से टिटियाने लगा। मुझे भय होने लगा। एकाएक जैसे किसीका ठण्डा निःश्वास मेरे दाहिने कान पर पड़ा। सन्नाटे की अर्ध-रात्रि सांय-सांय करने लगी। मैंने देखा—मेरा दाहिना पैर थर-थर कांप रहा है; उसे रोकने की चेष्टा की, पर कम्पन रुका नहीं, जैसे वह मेरा पैर ही न हो।

इसी समय दूर पर बहुतेरे कण्ठों से निकली आवाज़ आई, "बाबूजी! बाबूजी!" फिर आवाज़ आई, "गोली न छोड़िएगा।" रतन की आवाज़ सुनाई पड़ी। थोड़ी देर में रतन हाथ में लालटेन लिए आ गया। उसके साथ लट्ठ लिए तबलिया छट्टूलाल, प्यारी का दरबान तथा गांव का चौकीदार था। हम लौटे। रतन से मालूम हुआ, प्यारी ने एक-एक महीने की तनख्वाह देकर इन्हें भेजा है। रतन बोला, "हमारे आने से आप नाराज़ हो गए बाबूजी? किन्तु यदि आप मां का रोना देखते······" मैंने कहा, "नहीं मैं नाराज़ नहीं हूं।" तम्बू के पास पहुंचकर रतन ने कहा, "मां ने एक बार दर्शन देने

को कहा था। आइए, मां राह देखती बैठी हैं।"

"नहीं रतन! उन्हें मेरा असंख्य नमस्कार कहना। कल जाने के पहले अवश्य भेंट होगी; पर इस समय मुझे बड़ी नींद लग रही है, इस समय नहीं।" कहकर मैं जल्दी से अपने तम्बू में चला गया।

कल रात की बात सुनने के लिए राजा के यहां से बुलाहट हुई। जाने पर देखा, सब लोग बैठे हैं, प्यारी भी एक ओर बैठी है। मैंने सब बातें सुना दीं। एकाएक निःश्वास सुनकर पीछे फिरकर देखा—प्यारी मेरी ओर एकटक देख रही है और उसके गालों पर अश्रु-धाराएं गिरकर सूख गई हैं। मेरे हृदय में आग की एक रेखा-सी खिच गई। बात समाप्त होते ही राजा की अनुमति ले प्यारी वहां से चली गई। जो कहानी पहले उसे सुनने का अधिकार था, वह उसने सबके बीच सुनी, इस अभिमान के कारण ही वह उठ गई थी। उसी दिन मैंने अनुभव किया कि अभिमान भी कितना मीठा होता है।

मैं दोपहर में लेटा। सोना चाहता था, पर रतन के आने की आशा मन में लगी थी। संध्या हो चली, पर वह न आया। मैंने समझा, वह आया होगा और मुझे सोता देख लौट गया होगा। न जाने किस भावावेश में मैं दूर दिख रहे तालाब की ओर चला गया। घाट पर बैठे-बैठे सूर्य डूब गया, पर मैं उठ न सका। धीरे-धीरे अन्धकार हो गया। उठकर चला। चला जा रहा हूं तो चला ही जा रहा हूं। पग-डंडी का अन्त नहीं होता। भटककर गलत मार्ग पर तो नहीं आ गया? अरे, बांध पर आ गया! नीचे वही महाश्मशान है। किसीके पद-शब्द श्मशान में जाकर विलीन हो गए। मैं उठा और लड़खड़ाता हुआ जाकर रेती पर अर्धमूर्च्छित-सा धम से बैठ गया। जैसे कोई एक श्मशान से दूसरे श्मशान में पहुंच गया हो। अन्धकार का सौन्दर्य देखकर मुग्ध हो गया। यह नहीं भूला था कि रात ज़्यादा हो गई है, मुझे अपने तम्बू में लौटना है। पर चेष्टा करके भी उठा नहीं जाता था। इसलिए बैठा रहा। पूर्व में आकाश स्वच्छ होने लगा। दबी बातचीत की आवाज़ आई। देखा——बांध पर दो बैलगाड़ियों के आगे-पीछे लोग आ रहे हैं। जान पड़ा, स्टेशन की ओर जा रहे हैं। थोड़ी देर में वे सब मेरे पास आ गए। "श्रीकान्त बाबू!"

"कौन, रतन?"

"हां, आगे बढ़ आइए। हम लोग घर जा रहे हैं—मां गाड़ी में हैं।"

मेरे पास पहुंचते ही प्यारी ने मुंह निकालकर कहा, "गाड़ी पर आओ, कुछ बात करनी है।"

"नहीं, समय नहीं है, सुबह होने से पूर्व तम्बू में पहुंचना है।" पर प्यारी ने मेरा हाथ पकड़कर कहा, "नौकरों के सामने खींचातानी न करो। तुम्हारे पांव पड़ती हूं, चुपचाप ऊपर आ जाओ।" मैं हतबुद्धि हो गाड़ी पर चढ़ गया। उसने गाड़ी हांकने की आज्ञा देकर पूछा, "आज फिर यहां क्यों आए?" मैंने सारी कहानी सुना दी कि मैं आना नहीं चाहता था। न जाने कैसे, किस कारण से यहां आ गया। आकाश में सफेदी फैलने लगी थी। मैंने पूछा, "जाऊं?" पर उसने कहा, "नहीं। तुम वहां जाओगे तो जीते न बचोगे। तुम्हारा टिकट खरीद देती हूं, तुम घर लौट जाओ।" मैंने कहा, "इससे मेरी मिथ्या बदनामी होगी।" प्यारी चुप हो रही। चुप्पी का कारण पूछने पर बोली, "बाबू! तुम क्या जानो कि जिस कलम से ज़िन्दगी-भर नकली खत लिखती रही हूं, उसी कलम से आज दान-पत्र लिखने को हाथ नहीं चल रहा है। अच्छा जाओ, पर प्रतिज्ञा करो कि आज ही बारह बजे के पहले वहां से चल दोगे और किसीके भी अनुरोध से आज वहां रात न काटोगे।" मैंने वचन दिया। प्यारी ने अंगूठी उतारकर मेरे पैरों के पास रख दी और मेरी चरणधूलि लेकर अंगूठी मेरी जेब में डाल दी। मैं उतर गया। चलते समय उसने यह वचन भी ले लिया कि घर पहुंचते ही उसे पत्र लिखूंगा।

५

प्यारी को दिए हुए वचन की मैंने रक्षा की। घर लौटते ही चिठ्टी लिख दी। जवाब भी आ गया। चिठ्टी के अन्त में उसने एक निवेदन किया था, "सुख के दिनों में नहीं तो दुःख के दिनों में मुझे न भूलिए, यही प्रर्थना है।" दिन बीतने लगे, पर मैं कुछ अनमना-सा रहने लगा, जैसे एक अभाव की वेदना रोम-रोम में व्याप्त हो गई हो। रात को शय्या पर जाते ही मन में पीड़ा उठ खड़ी होती थी। होली की रात को मन में न जाने क्या आया कि पटना का

टिकट कटाकर रेलगाड़ी से चल दिया। रात बीत गई। दिन को पटना के पहले ही बाढ़ स्टेशन पर उतर गया। जेब में हाथ डालकर देखा, साढ़े चार आने पैसे हैं। स्टेशन के बाहर जाकर दही-चिउड़ा खाया, इसमें आधे पैसे खत्म हो गए।

बाहर गांव की ओर निकल गया तो देखा, ग्राम के बगीचे में गेरुए बाबा बैठे हैं, धूनी लगी है, ऊंट, बकरी इत्यादि बंधे हैं, तम्बू लगा है, कुछ शिष्य बैठे हैं। देखते ही भक्ति उमड़ पड़ी। बड़े अनुनय-विनय के बाद उन्होंने मुझे चेला बनाना स्वीकार किया। गुरु महाराज प्रयाग-राज की ओर जा रहे थे। एक दिन सन्ध्या को 'छोटी बगिया' स्थान पर डेरा पड़ा—आरा स्टेशन से प्रायः आठ कोस दूर। यहां एक बंगाली सज्जन से परिचय हुआ। नाम न देकर मैं उन्हें रामबाबू कहूंगा। छोटी बगिया एवं बड़ी बगिया के बीच शीतला की महामारी ज़ोर पर थी। पन्द्रह रोज़ बाद रोग का प्रकोप देख बाबा ने डेरा उठा दिया। इसी बीच रामबाबू से घनिष्ठता बढ़ गई थी। उनके दोनों बच्चे बीमार थे। रामबाबू एवं उनकी स्त्री ने पैर पकड़ मुझे रोक लिया। गुरुजी ने बड़ी कठिनाई से शीघ्र आकर प्रयाग में मिलने के आदेश के साथ रुकने की अनुमति दी। धीरे-धीरे दोनों लड़के चंगे हो गए। बीमारी बढ़ती देख लोग भागने लगे। रामबाबू ने भी अपना सामान लाद लिया। इधर पांच-छः दिनों से मेरा शरीर भी भारी रहने लगा। अन्त में ज्वर ने धर दबाया। मुझे इसी ज्वर में छोड़ वे लोग चले गए। मैं बड़े प्रयत्न से आरा स्टेशन के रास्ते पर जाकर पड़ गया। वहां से एक वृद्ध सज्जन मुझे लाकर आरा स्टेशन के पास टीन शेड में छोड़ गए। मुझमें बैठने की शक्ति भी न थी, वहीं लेट गया। एक बंगाली युवक ने मुझे लाकर दूध पिलाया और बोला, "किसीको खबर देनी हो तो ठिकाना बताने पर मैं तार दे सकता हूं।"

मैं समझ रहा था कि अवस्था तेज़ी से बिगड़ रही है। जो करना हो तुरन्त करना चाहिए, नहीं तो होश भी न रहेगा। सोचकर बोला, "मैं संन्यासी हूं, मेरा कोई नहीं है, परन्तु यदि पटना में प्यारीबाई के ठिकाने पर खबर कर दोगे कि आरा स्टेशन के बाहर टीन शेड में श्रीकान्त मर रहा है तो···।" उसने कहा, "मैं पत्र लिख देता

हूं।" मैंने मन ही मन कहा, "भगवान ! वह खबर पा जाए।"

होश आने पर देखा—सिर पर आइसबैग है; किसी मकान के भीतर चारपाई पर पड़ा हूं। पास के स्टूल पर दवा की शीशियां धरी हैं। पास ही खाट कर अठारह-उन्नीस वर्ष का एक किशोर सो रहा है। थोड़ी देर में प्यारी ने मीठे स्वर में पुकारा, "बेटा बंकू ! बर्फ को एक बार और बदल क्यों न दिया ?"

बंकू बोला, "बदले देता हूं, तुम थोड़ा सो लो, मां। डाक्टर कह गए हैं, अब डरने की बात नहीं है।"

"डाक्टर के कहने से औरतों का भय कहां जाता है ! तू बर्फ बदल दे, रात को मत जागना।" बंकू बर्फ बदलकर फिर खाट पर पड़ गया। थोड़ी देर में वह सो गया। मैंने धीरे से पुकारा, "प्यारी !" उसने झुककर पूछा, "मुझे पहचान सकते हो ? अब कैसे हो ? यह आरा है, कल हम लोग घर चलेंगे, पटना।" मैंने पूछा, "यह लड़का ?" उसने कहा, "मेरी सौत का लड़का है, पर मेरे पेट के लड़के के ही समान है। आज ज़्यादा मत बोलो—कल सब बताऊंगी।" कहकर उसने हथेली से मेरा मुंह बन्द कर दिया। मैं उसके दाहिने हाथ को मुट्ठी में लेकर सो गया।

सुबह उसने बंकू से कहा, "जाकर तुरन्त सेकण्ड क्लास का एक डिब्बा रिज़र्व करा लो। मैं एक क्षण भी इन्हें यहां रखने की हिम्मत नहीं कर सकती।" बंकू के चले जाने पर वह मेरे सिरहाने की खाट पर लेट गई। थोड़ी देर बाद मैंने पुकारा, " प्यारी !" वह हड़बड़ाकर उठ बैठी, मेरे सिर पर हाथ रखकर बोली, "ज्वर तो कम है, थोड़ा सो लो न !" मैंने पूछा, "कितने दिन हुए मुझे पड़े हुए ?" वह बोली, "तेरह दिन। देखो, लड़कों के सामने मुझे इस नाम से न पुकारा करो; लक्ष्मी नाम से क्यों नहीं पुकारते ?" मैंने कहा, "अच्छा। मुझे ले जाने की चेष्टा कर रही हो; पर मैंने तुम्हें बहुत कष्ट दिए हैं, अब और नहीं देना चाहता। तीन-चार रोज़ में अच्छा हो जाऊंगा। उतने दिन रहकर तुम जा सकती हो, फिर जो होगा, हो जाएगा।"

"तीन-चार दिन में तो नहीं, दस-बारह दिनों में यह रोग जाएगा, परन्तु असली रोग कितने दिनों में दूर होगा, यह क्या मुझे बता

सकते हो?"

"असली रोग क्या?"

"सोचोगे कुछ, कहोगे कुछ और करोगे कुछ। सदा से तुम्हें यही एक रोग है। तुम जानते हो, एक महीने के पूर्व तुम्हें आंखों की ओट न कर सकूंगी, पर कहे बिना न मानोगे—'तुम्हें कष्ट दिया, तुम जाओ।' दयामय! मेरा इतना दर्द है तो और चाहे जो बनो, संन्यासी तो न बनो। यह क्या कर रखा है? आकर देखा—कथरी पर बेहोश पड़े हो, जटाएं धूल में सन गई हैं, गले में रुद्राक्ष की माला है, हाथ में पीतल के कड़े हैं। देखकर रोए बिना न रह सकी।" यह कहते-कहते रो पड़ी। फिर बोली, "न जाने कैसी घड़ी में पाठशाला में हमारी आंखें चार हुई थीं! जो दुःख तुमने मुझे दिया है, उतना दुःख दुनिया में किसीने किसीको न दिया होगा।"

पटना पहुंचकर बारह-तेरह दिन में बहुत कुछ स्वस्थ हो गया। एक दिन चुपचाप सारे मकान का चक्कर लगा आया। कहीं एक भी फालतू चीज़ दिखाई न पड़ी। न कहीं गाने-बजाने का कोई आयोजन दीख पड़ा। उसके शयनकक्ष में जाकर देखा—एक छोटे तख्त पर बिस्तर बिछा है, अलगनी पर कुछ कपड़े टंगे हैं, एक लोहे की अलमारी है। और कुछ नहीं। थकावट के कारण मैं जाकर उसकी शय्या पर बैठ गया। थोड़ी देर में देखा—गंगा-स्नान कर प्यारी गीले वस्त्र बदलने कमरे में आई है। मुझे देखकर बोली, "चोर की तरह घुस आए हो! अच्छा बैठो, मैं उस कमरे में कपड़े बदल आती हूं।" कपड़े बदल आकर बोली, "यहां तो कुछ नहीं है, क्या चुराने आए हो? मुझे तो नहीं?"

"तुमने मेरे लिए इतना किया, तुम्हारी ही चोरी करूं, ऐसा अकृतज्ञ नहीं हूं।" सुनते ही उसका मुंह मलीन हो गया। मैंने नहीं सोचा था कि इससे उसे व्यथा पहुंचेगी। बोली, "तुम्हें और कृतज्ञ होने की आवश्यकता नहीं। दया करके तुमने अपनी खबर दे दी, यह मेरे लिए बहुत है।" उसको वेदना पहुंचाने के अपराध से मैं व्यथित होकर बोला, "तुम्हारे निकट क्या छिपा है? तुम न गई होतीं तो मैं वहीं मर गया होता। मेरी आयु शेष थी, इसीलिए तुम्हारी 'सुख में नहीं तो दुख में याद कर लेना' वाली बात याद

आ गई।"

"तो कहो कि मेरे ही लिए तुमने पुनः प्राण पाए हैं। तब तो मैं उनपर दावा कर सकती हूं।"

दूसरे दिन सन्ध्या को बंकू से बातें हुईं। मालूम हुआ, पिछले साल इण्ट्रेंस पास करके बांकीपुर कालेज में पढ़ने लगा है। चार बहिनें हैं, जिनकी शादी हो चुकी है। मां देश के मकान में रहती हैं। यह मां भी बीच-बीच में वहां जाती रहती हैं। लोगों ने जाति से अलग कर दिया है, पर इससे इन मां को छोड़ कैसे सकते हैं! ऐसी मां कितनों को मिलती है? गांव के परम शत्रुओं की भी सहायता करती रहती हैं: केवल गाने-बजाने में तो कोई दोष नहीं। मेरे कल चले जाने की बात पर बोला, "अभी आप पूर्णतः स्वस्थ नहीं हैं। यहां कोई कष्ट तो है नहीं। कुछ दिन और रहिए। मैं तो चाहता हूं, आप यहां से जाएं ही नहीं, क्योंकि आपके रहने से मां आनन्दित रहती हैं।" मुझे प्यारी की बात याद आ गई—'और अधिक रहोगे तो लड़का क्या सोचेगा?' जब से उसने एक दरिद्र बालक के मातृत्व का पद ग्रहण किया है, तभी से दोनों पांव मानो लोहे की सांकल से जकड़ लिए हैं। तब सोचने लगा—कल सुबह ही जा रहा हूं, यह जाना ही मेरा अन्तिम हो। किसी सूक्ष्म वासना का बंधन यहां न रख जाऊं कि फिर आना पड़े। न जाने क्या-क्या सोचता रहा। शाम हो गई। राजलक्ष्मी धूपदानी में जलती धूप लिए जा रही थी। मुझे देख चौंक पड़ी, बोली, "सिर दुःख रहा है न? कमरे में जाकर थोड़ी देर सो रहो। रतन कहां है? क्या सिर में यूडीकोलोन नहीं मल सकता?" रतन तुरन्त सेवा में प्रवृत्त हो गया। राजलक्ष्मी के पुनः आने पर मैंने कहा, "सुबह ही निकल पड़ूंगा, जो भी गाड़ी मिल जाए।"

"अच्छा, टाइम-टेबल मंगाती हूं।" कहकर वह चली गई। रतन चला गया। धीरे-धीरे सारा मकान नीरव हो गया। जान पड़ा, सब सो गए।

मुझे चेष्टा करने पर भी नींद न आई। बहुत रात बीते राजलक्ष्मी चुपचाप कमरे में आई, खुली खिड़की बन्द कर दी। लैम्प बुझाकर एक कोने में रख दिया। मेरी शय्या के पास आकर कुछ

देर खड़ी रही। फिर मसहरी में हाथ डाल मेरे सिर का ताप देखा। फिर कपड़ा उढ़ाकर चुपचाप चली गई। मैंने सब देखा-समझा। जो छिपे-छिपे आई थी, उसे छिपे-छिपे ही चले जाने दिया; पर इस निर्जन रात में वह अपना कितना अंश मेरे पास छोड़ गई, यह स्वयं न जान सकी। सुबह नींद खुली तो ज्वर था, शय्या त्यागते कष्ट हो रहा था, पर मुझे जाना ही होगा। इस घर में मुझे अपने पर ज़रा भी विश्वास नहीं। डर अपने लिए नहीं था, पर राजलक्ष्मी के लिए ही मुझे राजलक्ष्मी को छोड़ जाना होगा। उसने अपने विगत जीवन की कालिमा को धो दिया है। अनेक बच्चे 'मां-मां' कहकर उसे घेरे रहते हैं। इस भक्ति एवं प्रीति के आनन्दधाम से उसे अपमानित कर बाहर खींच लाऊं, यही क्या इतने बड़े प्रेम की सार्थकता होगी।

प्यारी ने आकर पूछा, "कैसी तबीयत है?"

"ऐसी खराब नहीं, जा सकूंगा।"

"घर पहुंचते ही खबर कर देना, ज़रूर।"

जब मैं पालकी में बैठ रहा था, देखा, वह दूसरी मंज़िल के बरामदे में खड़ी है। उसकी छाती के अन्दर क्या हो रहा है, मैं न जान सका। मुझे अन्नदा जीजी की याद आ गई। मन ही मन कहा, 'लक्ष्मी, दुःख मत करना। तुम्हारा ऋण इस जीवन में उतारने की शक्ति तो मुझमें नहीं है; किन्तु जो जीवन तुमने दिया है, उसका दुरुपयोग करके तुम्हारा अपमान नहीं करूंगा।'

द्वितीय पर्व

राजलक्ष्मी को घर पहुंचने का जो पत्र लिखा था, उसका उत्तर बहुत दिनों बाद आया। मेरे अस्वस्थ शरीर के लिए चिन्ता व्यक्त करके मुझे गृहस्थ होने का उपदेश दिया था और अन्त में लिखा था, "काम के झंझट में मेरे पत्र न लिख सकने पर भी तुम बीच-बीच में अपनी खबर देते रहना।"

इसके बाद पांच-छः महीने कट गए। एक दिन बाहर जाने की तैयारी कर रहा था कि एक अद्भुत पत्र आ पहुंचा। पत्र मेरी

स्वर्गीया मां की एक सखी (गंगाजल) का था। उसमें मां का भी तेरह साल पहले का एक पत्र था, जिसमें मां ने सखी की करुण अवस्था पर पिघलकर लिखा था कि तुम्हारी कन्या को सुपात्र कहीं न मिले तो मैं तो हूं ही। मां के वचन की लाज तो रखनी ही होगी। क्या कर सकता हूं, यह जानने के लिए एक दिन मैं उनके गांव जा पहुंचा। बड़ी जिरह के बाद मालूम हुआ कि लड़की-योग्य सुपात्र तो पास के गांव में है, परन्तु पांच सौ रुपये से कम में उसे पाना असम्भव है। महीने-भर में उपाय कर देने का वचन देकर मैं लौट आया। दिन बीतने लगे, मेरे पास तो इतना धन जुटाने की शक्ति नहीं थी, केवल प्यारी से मांगना ही एक उपाय था। उस चिट्ठी के बाद मैंने कोई चिट्ठी उसे न लिखी थी, न उसने ही भेजी थी। फिर भी दूसरे की लड़की के लिए भिक्षा मांगने मैं एक दिन पटना जा पहुंचा।

नीचे दो दरबानों को देख मैं अन्दर जाने में असमंजस कर रहा था कि ऊपर से रतन आता दीख पड़ा। मुझे देख पूछा, "यहां क्यों खड़े हैं? ऊपर चलिए, मैं बर्फ लेकर अभी आया।" कहकर चला गया। ऊपर जाते ही बैठकखाने से बहुत लोगों की आवाज़ आती सुनाई पड़ी। पास जाकर जो देखा, उससे अवाक् हो गया। कमरे का रंग-ढंग बदला हुआ है। बढ़िया कार्पेट पर सफेद जाजम बिछी है। तकियों के सहारे बैठे लोग मेरी ओर आश्चर्य से देख रहे हैं। एक हिन्दुस्तानी तबलची बैठा था, उसीके पास प्यारीबाई बैठी थीं। समझ गया, गाने की महफिल लगी है। मुझे देखकर प्यारी के चेहरे का रंग उड़ गया। लोगों ने मुझे बुलाकर बिठाया। पूछने पर प्यारी ने मुझे देश का आदमी बताया, पर यह कहकर उठ गई, "अब नहीं, संध्या के बाद गाना होगा।" थोड़ी देर बाद वहां बैठे पूर्निया के ज़मींदार सन्ध्या-पूजा करने चले गए। अन्य लोग भी चले गए। तब प्यारी ने आकर पूछा, "आज रात तो यहीं रहोगे?"

"रहने को कहोगी तो रह जाऊंगा।"

"तुम्हें शायद असुविधा हो। जिस कमरे में सोते थे···"

"उसमें बाबू सोते हैं। तो मैं नीचे सो जाऊंगा। इसमें मान-अपमान का ख्याल मुझे नहीं है। तुम जानती हो कि मैं घर से निकलते ही खाने और सोने की चिन्ताओं को दूर रख आता हूं। बिस्तर

हों तो एक लाने को कह दो, न हों तो मेरा कम्बल तो है ही।"

"मन में दु:ख तो न होगा ?"

"नहीं, क्योंकि स्टेशन पर खड़े रहने से तो अच्छा ही है।"

"मैं होती तो वृक्ष के नीचे सो रहती, पर इतना अपमान न सहती।"

"मैं इतना मूर्ख नहीं हूं कि समझ लूं कि तुमने अपमान करने के लिए मुझे नीचे सुलाया है। सम्भव होने पर तुम पहले की भांति ही मुझे सुलातीं। पर यह बहस छोड़ो। रतन से कहो, चलकर नीचे का कमरा दिखा दे। मैं बहुत थक गया हूं।"

"एकाएक आने का कारण तो बताओ।"

"पहला कारण अनावश्यक है, इसलिए बताना व्यर्थ है। दूसरा यह है कि मैं बर्मा जा रहा हूं। पता नहीं फिर मिलना हो या न हो, इसलिए एक बार तुम्हें देखने आया हूं।" इसी समय रतन ने आकर कहा, "बाबू, आपका बिस्तर तैयार है।" मैंने कहा, "चलो।" और जाते हुए प्यारी से बोला, "मुझे बड़ी नींद आ रही है। घण्टे-भर बाद समय मिले तो एक बार आना, मुझे बहुत-सी बातें करनी हैं।"

रतन ने जब प्यारी के अपने कमरे में ले जाकर मुझे मेरा बिस्तरा दिखाया तो मेरे आश्चर्य की सीमा न रही। पूछने पर मालूम हुआ कि मालकिन आज बंकू बाबू के कमरे में सोएंगी। मैंने निकट जाकर देखा कि यह राजलक्ष्मी के डेढ़ हाथ चौड़े तख्ते पर बिछाया बिस्तरा नहीं है; अच्छा-खासा पलंग है जिसपर एक मोटा गद्दा बिछाकर शाही ढंग से बिस्तर तैयार किया गया है। एक ओर टेबल पर शीशा लगा है और लैंप जल रहा है; एक ओर बंगला की किताबें तथा दूसरी ओर गुलदस्ते में बेला के फूल सजाए गए हैं। समझ गया कि जो बहुत प्यार करती है, उसीने अपने हाथ से यह सब किया है। अब विचारकर देखा कि मेरे मन की ईर्ष्या देखने के लिए वह उत्सुक रही है, इसीलिए इस प्रकार के आघात करती रही है, किन्तु मैंने उसके प्रत्येक आघात को सौ गुना करके लौटा दिया और उसका अभिमान रहने नहीं दिया। ये सब बातें मुझे सूई की तरह चुभने लगीं। बिस्तर पर लेटकर भी सो नहीं सका। जानता था, वह आएगी अवश्य।

राह देखने लगा ।

शायद थकावट के कारण कुछ तन्द्रा-सी आ गई थी, हठात् आंखें खुल गईं तो देखा कि प्यारी मेरे शरीर पर एक हाथ रखे बैठी हुई है। मेरे उठकर बैठते ही बोली, "बर्मा गया मनुष्य वापस नहीं आता, तुम्हें मालूम है ?"

"नहीं, पर मुझे लौटना ही होगा, ऐसी किसीके सिर की शपथ तो मुझपर है नहीं।" फिर अपनी निर्दय बात को सुधारने के लिए कहा, "यदि किसी दिन लौटकर आऊंगा तो केवल तुम्हारे ही लिए। तुम्हारे सिर की शपथ की अवहेलना मैं कभी नहीं कर सकता।" सुनते ही प्यारी मेरे पैरों पर गिर पड़ी। दस मिनट बीत जाने पर मैंने उसके सिर पर हाथ फेरा, पर वह उसी तरह पड़ी रही, तब मैंने दोनों हाथों से उसे उठाया, देखा, सारी चादर आंसुओं से भीग गई है। उसने पूछा, "उन लोगों को यहां देख तुम्हारे मन में बुरा ख्याल या सन्देह तो नहीं हुआ ?" मैंने कहा, "नहीं।" बोली, "पुरुष भला होना चाहता है तो उसका रास्ता खुला रहता है, पर हम लोगों के लिए सब मार्ग क्यों बन्द हो जाते हैं ? अज्ञान और धनाभाव से जो कर बैठी, वही सदा मुझे क्यों करते रहना पड़े ?" मैंने कहा, "हम तो रोकते नहीं।" वह बोली, "बहुत ठीक, तो तुम मुझे रोक नहीं सकोगे।" इसी समय रतन के खांसने की आवाज़ आई। प्यारी के पूछने पर उसने कहा, "मां ! रात ज़्यादा हो गई है, बाबूजी के लिए खाना लाऊं ?" "अरे तब तो तुम सब भूखे होगे।" कहती प्यारी झट उठकर बाहर चली गई और खाना ले आई। वह मुझे सदा अपने हाथों परसकर खिलाती थी।

भोजन समाप्त कर बिस्तर पर लेटा तब रात का एक बज गया था। प्यारी आकर मेरे पैरों के पास बैठ गई। बोली, "तुम्हारे लिए अनेक रातें जागकर बिताई हैं, आज तुम्हें भी सोने न दूंगी।" यह कह मेरे पैरों के नीचे का तकिया खींच उसपर बायें हाथ के सहारे अधलेटी होकर बोली, "इतना दूर देश तुम्हारा जाना किसी तरह नहीं हो सकता। क्यों बर्मा जा रहे हो, कहो तो ?"

"नौकरी करने, न कि भटकने के लिए।"

वह उत्तेजित होकर बैठ गई, बोली, "देखो, मुझे न ठगना। मुझे

ठगोगे तो लोक-परलोक दोनों से जाग्रोगे—जानते हो ?"

"जानता हूं, पर क्या करूं, तुम्हीं बोलो ?"

हंसकर बोली, "स्त्रियां सदा से जो कहती ग्राई हैं, वही कहती हूं—विवाह करके गृहस्थ धर्म का पालन करो।"

"क्या सचमुच इससे तुम प्रसन्न होग्रोगी ?"

"एक बार नहीं, सौ बार, इससे मैं सुखी न होऊंगी तो ग्रौर कौन होगा !"

"यही खबर देने ग्राया था, बात तय हो चुकी है।" यह कहकर मैंने दोनों चिट्ठियां उसे थमा दीं। उसके चेहरे पर अंधियारी छा गई। लैंप के सामने जाकर दो-तीन बार पढ़ा, फिर ग्राकर लेट गई। बोली, "वहां मैं तुम्हें हर्गिज़ शादी न करने दूंगी। लड़की ग्रच्छी नहीं है, मैंने बचपन में उसे देखा है।"

"तुम्हारी पसंदगी के लिए तो मुझे एक ग्रौर जन्म ग्रहण करना पड़ेगा। खैर, मुझे कौमार्य दूर करने की जल्दी नहीं है, पर तुम इस लड़की का उद्धार कर दो। पांच सौ रुपये हों तो काम बन जाएगा।"

"कल ही रुपये भेज दूंगी, काकी की बात मिथ्या नहीं होने दूंगी" फिर बोली, "बर्मा जाग्रोगे तो मुझे साथ ले चलोगे ?"

"मेरे साथ चलने का साहस होगा ? फिर इस सारे घर-द्वार का क्या होगा ?"

"जब यह सब तुम्हारे काम न ग्राया ग्रौर नौकरी के लिए तुम्हें दूर जाना पड़ा, तो इसे लेकर क्या करूंगी ? बंकू को दे जाऊंगी। इतनी दूर न जाग्रो तो यह सब किसी दिन काम नहीं ग्रा सकता ?"

"किसी दिन नहीं।"

"जानती हूं। तब ले चलोगे न ग्रपने साथ ?" कहकर उसने मेरे पैरों पर हाथ रख दिए।

एक दिन प्यारी ने ग्रतुल धैर्य से मुझे स्वयं विदा कर दिया था, ग्राज उसीकी दुर्बलता ग्रौर कातरता देख मेरी छाती फटने लगी। परन्तु राज़ी न हो सका। कहा, "साथ तो न ले जाऊंगा, पर जब भी बुलाग्रोगी, लौट ग्राऊंगा। कहीं भी रहूं, सदा तुम्हारा ही रहूंगा राजलक्ष्मी !"

२

पांच-छः दिन बाद बर्मा जाने के लिए मैं ट्रंक और हल्का बिस्तर ले कलकत्ता के कोयलाघाट पर जा पहुंचा। भीड़ का पार नहीं, तरह-तरह के लोग गठरी बने बैठे थे कि सुबह होते ही जहाज़ में अच्छी जगह मिल जाए। कुछ देर बाद, प्लेग की महामारी के कीटाणु बर्मा न पहुंचें, इसलिए डाक्टरी हुई। किसी तरह राम-राम करके जहाज़ पर पहुंचे। वहां उत्तर से दक्षिण और पूर्व से पश्चिम समस्त भारत के सभी प्रदेशों और जातियों के प्रतिनिधि दिखाई दिए। कहीं तिल धरने की जगह नहीं थी। मेरा सामान कुली ने ऊपर पहुंचा दिया था। उसको इनाम का लोभ देकर उसकी सहायता से मैं ऊपर गया। परन्तु वहां भी ठसाठस था। किसी तरह अपने ट्रंक पर ही बैठने का प्रबन्ध कर मैं भागीरथी के दोनों तटों की ओर देखने लगा। थोड़ी देर बाद ज़ोरों की प्यास मालूम पड़ी। पर मेरे साथ न गिलास था, न लोटा। मैं यह सोचकर नीचे उतरा कि कोई बंगाली दीखे तो लोटा मांगूं। नीचे जाने पर देखा कि जहाज़ के चलते ही सब अपनी-अपनी भाषा में गाने लगे हैं। उस विराट संगीत की ओर ध्यान लगा मैं मुंह बाए खड़ा रह गया। इतने में एक व्यक्ति ने हाथ हिलाकर मुझे अपने पास बुलाया, ब्राह्मण समझ प्रणाम किया और परिचय दिया, "मैं रंगून का मशहूर नन्द मिस्त्री हूं।" उसके पास ही एक मोटी अधेड़ स्त्री बैठी हुई थी—फुटबाल-सी आंखें और मोटी जुड़ी भौंहें थीं उसकी। नन्द ने कहा, "बाबूजी! यह मेरी घरवाली टगर···" बात पूरी होने के पहले ही वह औरत गरज उठी, "खबरदार! बीस साल से साथ हूं तो क्या हुआ! वैष्णव की लड़की होकर मैं केवट की घरवाली कहलाऊंगी? बोलो, इन बीस वर्षों में एक दिन भी तुम्हें चौके में घुसने दिया है?"

मैं गिलास लेकर लौट आया। दूसरे दिन हालचाल लेने गया तो देखा, थोड़ी दूर पर मलिनता के अवतार एक काबुली-दम्पति तृप्ति के साथ रोटी खा रहे हैं और क्रुद्ध टगर उनकी ओर देख रही है। नन्द से मालूम हुआ—कलकत्ता से एक हांडी में बढ़िया रसगुल्ले लाए थे। नन्द ने जहाज़ पर सवार होने तक बहुत कहा—टगर,

कुछ खा ले—पर यह कहती रही कि 'रंगून ले जाऊंगी'—अब ले जाएं रंगून। चिउड़ा था वह भी गायब, उसकी जगह रोटी बांध दी है। रख छोड़ टगर, तेरे ठाकुरजी के भोग के काम आएगी।—टगर क्रुद्ध होकर बोली, "यह भी क्या मज़ाक है? मुसलमान की रोटियों से ठाकुर का भोग लगेगा? केवट के मुंह में आग? तू ही न रख ले, बाप को पिण्डदान दे देना।" नन्द ने क्रुद्ध हो झोंटा पकड़ लिया—"हरामज़ादी! बाप तक जाती है?" टगर ने भी कहा, "हरामज़ादे! जात तक जाएगा?" बस, दोनों में मल्लयुद्ध होने लगा। लोग हंसने और तमाशा देखने लगे। मैं ऊपर भाग गया।

दूसरे दिन नन्द और टगर के युद्ध का परिणाम जानने के लिए मैं नीचे नहीं गया। बीस वर्ष से दोनों इसी प्रकार लड़ते और सन्धि करते आए हैं और आगे भी यही करते रहेंगे।

दिन-भर आकाश में बादलों के छिटपुट टुकड़े घूमते रहे, परन्तु संध्या होते न होते एक गहरे काले बादल ने सारा आकाश ढक लिया। खलासियों में घबराहट छा गई। एक बूढ़े खलासी ने कहा, "मालिक, नीचे जाइए, साईक्लोन (तूफान) आ सकता है।" थोड़ी देर बाद ही ऊपर के लोग नीचे उतार दिए गए। मेरा ट्रंक, बिस्तर भी खलासी नीचे ले गए। सबको जहाज़ के गर्भगृह में बन्द कर दिया गया।

सुबह नीचे जाकर देखा तो मालूम हुआ कि लोग रात-भर एक किनारे से दूसरे छोर तक लुढ़कते रहे हैं—कभी इधर, कभी उधर। लोगों का बुरा हाल था। वमन तथा अन्य दो क्रियाओं के कारण दुर्गन्ध इतनी है कि खड़ा होना मुश्किल है। डाक्टर भंगियों से सब स्थान साफ करा रहे हैं। डाक्टर से परिचय हो गया था। मेरी कहानी सुन वे बड़े प्रसन्न हुए और अपने केबिन मे जगह दे दी, परन्तु मैंने केवल एक कुर्सी उनसे ले ली और भूख से कुलबुलाता उसीपर शिथिल हो पड़ रहा। इसी समय एक आदमी ने आकर कहा, "बाबू साहब, नीचे एक बंगाली औरत बुला रही है।" जाकर देखा, कुंडली किए मोटे-मोटे रस्से जहां रखे हैं, उन्हींकी आड़ में एक बाईस-तेईस साल उम्र की बंगाली स्त्री बैठी है और पास ही मैली शतरंजी पर उसी आयु का एक पतला-दुबला युवक पड़ा है। मुझे देख औरत ने सिर का कपड़ा आगे खींच लिया। पर मैं उसका मुंह देख चुका

था। उसके चौड़े मस्तक पर बुद्धि और विचार-शक्ति की छाप थी। कपाल अन्नदा जीजी की भांति ही प्रशस्त था। मांग में सिन्दूर था, हाथ में लोहे की चूड़ियां थीं। एक मामूली रंगीन साड़ी पहने थी। परिचय न होने पर भी उसने बड़े स्वाभाविक ढंग से बात की। कहा, "इन्हें देश में पेट की बीमारी हुई थी। कल से बुखार आ गया है, इस समय तेज़ बुखार है। डाक्टर बाबू से आपका परिचय है, जरा दिखला दीजिए।" मैंने कहा, "परिचय तो आज ही हुआ है, पर वे सज्जन लगते हैं, बुला लाता हूं।" डाक्टर बाबू आए, देखकर दवा लिख दी। फिर मुझे अपने केबिन में ले गए। बोले, "शादी-वादी की है या नहीं?" मैंने कहा, "नहीं।" कहने लगे, "तो भिड़ जाओ इससे। कुछ बुरी तो नहीं है। जान पड़ता है, यह छोकरा इसे घर से निकाल लाया है या यही उसे निकाल लाई है। पर खूब फारवर्ड है। बातचीत तो अच्छी करती है।" मैंने कहा, "आप यह सब क्या कह रहे हैं?" बोले, "भाई, हर ट्रिप में ऐसी ही बातें देखता हूं। बर्मा जाओगे तो देखोगे कि मेरी बात सच्ची या नहीं।"

रात को फिर बुलाहट हुई। इस बार उस औरत का परिचय मिला। नाम है अभया। उत्तर राढ़ी कायस्थ, घर है बालूचर के पास। बीमार व्यक्ति गांव के नाते से भाई लगता है; नाम है रोहिणीसिंह। थोड़ी देर में ही अभया ने मुझे आत्मीय बना लिया। उसमें मनुष्य को वश में करने की अद्भुत शक्ति है। इतनी देर में उसने मेरा नाम-धाम ही नहीं जान लिया, बल्कि मुझसे वादा करा लिया कि मैं उसके बर्मा में रहनेवाले लापता पति को खोज दूंगा। उसका पति आठ साल पहले नौकरी के लिए बर्मा आया था। दो साल तक चिट्ठी-पत्री आती रही, पिछले छः वर्षों से पता नहीं है। देश में कोई नहीं है। मां थीं, वे भी महीने-भर पहले मर गईं। अब कोई अभिभावक नहीं है, इसीलिए अभया इस भाई को राज़ी कर बर्मा जा रही है। उसके पति रंगून में बर्मा रेलवे में थे। चिट्ठियों का कोई उत्तर नहीं आया, पर चिट्ठियां वापस भी नहीं आईं। "क्या आपको लगता है कि वे जीवित नहीं हैं?" मैंने कहा, "नहीं, मैं समझता हूं, वे जीवित हैं।" अभया ने मेरे चरण छूकर प्रणाम किया, बोली, "आपके मुंह में फूल-चन्दन। श्रीकान्त बाबू! वे जीवित

रहें, इतना ही मेरे लिए पर्याप्त है, मैं और कुछ नहीं चाहती।"

दूसरे दिन ग्यारह-बारह बजे के लगभग जहाज़ रंगून पहुंचने वाला था। बर्मा सरकार ने प्लेग के भय से 'कोरेंटाइन' का नियम लागू कर रखा था। शहर से आठ-दस मील तक रेती में कांटों से घेरकर झोंपड़ियां बना दी गई थीं। दस दिन वहां रहने के बाद ही लोग नगर में जाने दिए जाते थे। पोर्ट हैल्थ अफसर जिसे छूट दे देते, वही सीधे नगर में जा सकता था। कोरेंटाइन में स्वयं सामान लादकर ले जाना पड़ता है। वहां बड़ी दुर्दशा होती है। डाक्टर ने मेरे लिए हैल्थ अफसर के आदमियों से कह दिया। परन्तु अभया ने आकर कहा, "यह नहीं हो सकता, आप मुझे छोड़कर किसी तरह नहीं जाने पाएंगे। आप न जाएंगे तो मैं भी नहीं जाऊंगी। पानी में कूद पड़ूंगी, पर निराश्रय होकर वहां न जाऊंगी। वहां की सब बातें सुन चुकी हूं।" कहते-कहते उसकी आंखें भर आईं। हतबुद्धि होकर सोचने लगा—'यह कौन है जो धीरे-धीरे ज़बरदस्ती मुझे अपने जीवन के साथ जकड़ रही है?' वह बोली, "क्या आप इतने निष्ठुर हो सकते हैं कि मुझे अकेली छोड़कर चले जाएं? भला मैं औरत जात बीमार को लेकर अकेले क्या कर सकूंगी?" अन्त में मुझे विवश होकर छोटे स्टीमर पर उसके साथ जाना पड़ा।

'कोरेंटाइन' का नियम केवल कुलियों के लिए था। परन्तु जो जहाज़ पर दस रुपये से ज़्यादा किराया न दे सकता, वह कुली ही मान लिया जाता। बड़ी दुर्दशा थी। सामान आदि ले जाने का कोई प्रबन्ध न था। सारा सामान और बीमार आदमी को लादकर ले चलना मेरे बूते के बाहर था और मैं यही सोच रहा था कि दुनिया में मुझ-सा गधा कोई न होगा। किन्तु इसी समय अभया हंसकर बोली, "यह ख्याल न करना कि खूब ठगाए गए। अनायास जा सकते थे फिर भी गए नहीं, इसीका नाम है दान। इतना बड़ा दान करने का अवसर जीवन में शायद ही मिलेगा। अच्छा, माल-असबाब यहीं छोड़कर चलो,, देखें, कहीं इन्हें छाया में सुलाया जा सकता है या नहीं।" ऊपर प्रचण्ड धूप, नीचे जलती बालुकाराशि में मैं रोहिणी को पीठ पर लादकर कोरेंटाइन की ओर चला। अभया ने एक छोटा बैग ले लिया, और सामान वहीं पड़ा रहा।

जहाज़ के डाक्टर ने कहा था—स्त्री बड़ी फारवर्ड है, परन्तु जब मैंने रोहिणी को ले जाकर उतार दिया, तब उसके फारवर्ड रूप को असल में देख सका। मुझे बिठाकर वह चली गई। आध घण्टे बाद एक चपरासी मुझे बुलाने आया। रोहिणी को लेकर गया तो देखता हूं—अच्छा रहने का कमरा है, मेम डाक्टरनी खुद अपने सामने साफ करवा रही हैं। ज़रूरी चीज़ें आ गई हैं, दो खाटों पर बिस्तर तक बिछा दिए गए हैं। चावल, दाल, आलू, घी, लकड़ियां सब मौजूद हैं। मद्रासी डाक्टरनी के साथ अभया टूटी-फूटी हिन्दी में बात कर रही है। मुझे देखते ही बोली, "आप थोड़ी नींद ले लें। मैं नहा-कर इस समय खिचड़ी बना देती हूं, उस समय के लिए देखा जाएगा।" इस तरह दिन बीतने लगे।

कोरेंटाइन की मियाद खत्म हो गई। हम रंगून की ओर चले। उस दिन बर्मियों का कोई त्यौहार था। देखा—झुण्ड के झुण्ड स्त्री-पुरुष सुन्दर वस्त्र पहने मन्दिरों की ओर जा रहे हैं। स्त्रियों में पर्दा नहीं, घूंघट नहीं। मेघ की तरह घने घुटनों तक लटकते बाल, जूड़े में फूल, कानों में फूल, गले में फूलों की माला—झरने के मुक्त प्रवाह के समान किलोल करती चली गईं। अपने यहां की तुलना करके उनके सौभाग्य पर ईर्ष्या हुई। चारों ओर आनन्द बिखेरती चलने-वाली इन रमणियों को स्वाधीनता देकर क्या यहां के पुरुष ठगे गए हैं और हम लोग क्या उन्हें जकड़कर, लंगड़ी बनाकर लाभ में रहे हैं?

एकाएक शोरगुल ने मेरा ध्यान अपनी ओर खींच लिया। देखा—तीन बर्मी स्त्रियों के साथ घोड़ागाड़ी वाले हिन्दुस्तानी मुसल-मान कोचवान का झगड़ा हो रहा है—किराये को लेकर। रास्ते पर एक आदमी गन्ना बेच रहा था। अकस्मात् तीनों ने झपटकर तीन टुकड़े उठा लिए और गाड़ीवान पर आक्रमण कर दिया। वह बेचारा भाग खड़ा हुआ। इनके ऐसी सबला हो बठने की कल्पना मुझे नहीं थी। देखकर चित्त उद्भ्रान्त हो गया।

३

अभया और रोहिणी को एक नये वासस्थान में रखकर मैं अपने लिए आश्रय खोजने रंगून के राजमार्ग पर निकल पड़ा। राह में एक

बंगाली से भेंट हो गई। उससे नन्द मिस्त्री का पता पूछा। उसने कहा, "टगर के मर्द को पूछ रहे हैं ?" मेरे 'हां' कहने पर उन्होंने कहा, "हां, वह दो महीने की तनखाह घूस में लेकर अठारह-बीस आने की मज़दूरी पर आपको लगा सकता है, इससे अधिक नहीं।" मैंने बताया, "अभी मैं नौकरी की खोज में नहीं हूं, आश्रय की खोज में हूं। जहाज़ पर नन्द मिला था, उसने आशा दिलाई थी।" वे बोले, "इस समय तो नन्द काम पर गया होगा। दादा ठाकुर का बढ़िया होटल सामने है। वहां स्नान-भोजन-विश्राम कीजिए, शाम को देखा जाएगा।" इस हरिपद बाबू के साथ मैंने होटल में प्रवेश किया। मज़दूर लोग साढ़े दस की छुट्टी में बैठकर खाना खा रहे थे। दादा ठाकुर ने मेरा स्वागत किया और एक छोटा कमरा दिखाकर कहा, "जितने दिन इच्छा हो रहें, हमारे यहां भोजन करें। नौकरी लग जाए तब दाम चुका दें।"

"मुझे तो आप जानते नहीं, खा-पीकर बिना पैसे दिए चला गया तो ?"

कपाल दिखाकर वे बोले, "इसे तो नहीं ले जाएंगे।"

यहां मैं बहुत दिनों तक रहा। लोगों से खूब घनिष्ठता हुई, पर जिस क्षण उन्हें मालूम हुआ कि मैं ऊंची जाति का भद्रलोक हूं और अंग्रेज़ी पढ़ा-लिखा हूं, उन्होंने मुझे गैर मानना शुरू कर दिया। आपदा-विपदा में अंग्रेज़ीदा लोगों से वे मदद लेते हैं, पर उन्हें अपना आदमी नहीं समझते।

सारा दिन नौकरी के चक्कर में घूमते-घूमते थक जाता और शाम को इतनी शक्ति नहीं रह जाती थी कि कहीं जा सकूं। फिर अभया और हम दोनों दो छोर पर रहते थे, इसलिए पन्द्रह-सोलह दिन उधर न जा सका। पर एक दिन मन में आया कि जब मुझ अकेले की यह दुर्दशा है, तो रोहिणी और अभया की न मालूम क्या दशा होगी। दूसरे दिन लम्बा रास्ता तय करके अभया के वास-स्थान पर पहुंचा। देखा, बाहर बरामदे में एक मोढ़े पर रोहिणी बाबू बैठे हैं—मुंह मलिन है। मुझे देखते ही बोले, "अच्छे तो हैं श्रीकान्त बाबू ! अन्दर आइए, वे घर में ही हैं।"

"आप भी तो आइए।"

"नहीं, मैं यहीं आराम करूंगा। परिश्रम करते-करते मर रहा हूं। मर जाऊं तो जान बचे।"

"मुझे समझ न पड़ा कि बात क्या है। इसी समय अभया के बुलाने पर मैं अन्दर गया। अन्दर रसोईघर के अलावा सोने के दो कमरे हैं। एक में रोहिणी बाबू सोते हैं। अन्दर जाते ही देखा—आसन बिछा है, एक रकाबी में पूरी-तरकारी, थोड़ा हलवा रखा है; पास ही एक गिलास जल धरा है। स्पष्ट जान पड़ा, उन्हींके लिए है पर कुछ खटपट हो गई है। मैंने खाट पर बैठते ही पूछा, "बात क्या है?" अभया ने कहा, "यह कुछ नहीं है, आप अपनी कहिए।" इसी समय रोहिणी बाबू चट्टी खटर-खटर करते आए और गिलास उठाकर पानी पीने के बाद जाते हुए बोले, "पानी से ही पेट भर लूं। मेरा यहां कौन है जो भूख लगने पर खाने को देगा! आप जहां ठहरे हैं, वहीं मेरे लिए व्यवस्था कर सकते हैं?"

मैं बोला, "किन्तु वहां पूड़ियों और मोहनभोग का डौल नहीं है।"

रोहिणी भैया बोले, "उसकी क्या ज़रूरत है! भूख के समय कोई ज़रा गुड़ और पानी दे दे, तो वही अमृत है। यहां तो वह भी कौन देता है!"

मैंने अभया की ओर जिज्ञासापूर्ण दृष्टि डाली। वह बोली, "सिर में दर्द था इसलिए असमय सो गई थी, इससे भोजन बनाने में कुछ देर हो गई।"

मैंने कहा, "बस, यह भी कोई अपराध है?" अभया ने कहा, "आपके निकट तुच्छ हो सकता है, किन्तु जो महाशय इस गले पड़ी हुई को भोजन देते हैं, वे कैसे क्षमा करेंगे!"

"मैंने गले पड़ी हुई कब कहा?"

"कहोगे क्या! तरह-तरह से दिखा तो रहे हो।"

"तुमने कब कहा था कि सिर में दर्द है?"

"कहने से लाभ ही क्या था? तुम विश्वास करते?"

"सुनिए श्रीकान्त बाबू! इन्हींके लिए मैंने देश त्याग किया। घर लौटने का मार्ग बन्द हो गया, अब इनकी बात सुनिए!"

"मेरा जो होना होगा, होगा। तुम जब चाहो, देश लौट जाओ।

मेरे लिए तुम क्यों इतना कष्ट सहोगे ? मैं तुम्हारी कौन होती हूं ? ऐसा ताना…"

बीच में रोहिणी भैया चीत्कार कर उठे, "सुनिए, दो रोटी पका देने के लिए ये बातें सुन रहा हूं। आज से तुमने मेरे लिए रसोईघर में पैर रखा तो तुम्हें बहुत बड़ी…बल्कि मैं होटल में…" कहते-कहते उनका गला भर आया और वे बाहर चले गए। अभया ने सिर झुका लिया। इतना मैं समझ गया कि इस अनबन का कारण भूख और भोजन बनाने से दूर है। तो क्या पति खोजने की बात…। मैंने उठकर कहा, "इस समय चलता हूं, बहुत दूर जाना है।" अभया ने अन्दर से एक कागज़ लाकर दिया और बोली, "जिस काम के लिए मैं इस देश में आई, वह सब इसमें लिख दिया है। पढ़कर जो उचित हो कीजिएगा। हां, आपका ठिकाना क्या है ?" मैंने बता दिया। उसने झुककर प्रणाम किया। मैं धीरे-धीरे बाहर निकल आया। पत्र पढ़ने की लालसा दमन न करने के कारण मैं थोड़ी दूर पर चाय की एक दुकान में घुस गया और पत्र खोलकर पढ़ा। पति का नाम और पुराना ठिकाना लिखने के बाद यह वाक्य था, "आज आप मेरे बारे में जो धारणा लिए जा रहे हैं उसे जानती हूं, पर विपत्ति में आपका कितना भरोसा है, इसे आप जानते हैं, इसीलिए आपका ठिकाना पूछ लिया है।"

दिन बीतने लगे, नौकरी मुझे नहीं मिली। ठाकुर दादा का व्यवहार भी बदलने लगा। भोजन में शाक-सब्ज़ी कम रहने लगी। एक दिन जाते हुए मार्ग में देखा, रोहिणी बाबू मोल-तोल करके शाक-सब्ज़ी तथा सामान ले रहे हैं। शरीर के वस्त्र एवं जूते फट रहे हैं, तब भी किसीके लिए सामान खरीदने में ही उनका ध्यान है। एक क्षण में मैं समझ गया कि क्यों इस कोलाहल में उन्होंने रास्ता पा लिया और क्यों मैं असफल हो रहा हूं। आंसुओं से मेरी आंखें धुंधली हो गईं। डेरे पर लौट आया। बार-बार मन में कहने लगा, 'इस प्रेम से बढ़कर शक्ति, इस प्रेम से बढ़कर शिक्षक संसार में और कोई नहीं।'

डेरे पर ही एक लिफाफा मिला। खोलकर देखा—मेरी नौकरी लग गई है। सागौन के एक बड़े व्यापारी की मुझपर कृपा हुई है।

मेरे साहब अंग्रेज़ थे, पर कलकत्ता से बदलकर आए थे और बंगला खूब समझते थे। दो हफ्ते में ही उन्होंने मेरी पदोन्नति कर दी, वेतन ढाई गुना हो गया। अभया को खबर देने गया तो देखा, आज रोहिणी भैया बड़ी तृप्ति के साथ जलपान कर रहे हैं। खाकर बाहर जाने के लिए कोट पहनने लगे तो अभया बोली, "तुमसे बराबर कहती हूं कि यह शरीर लेकर इतना परिश्रम न करो। तुम क्या किसी तरह सुनोगे ? दिन तो हमारे अच्छी तरह कट रहे हैं। अधिक रुपयों का हम क्या करेंगे ?"

रोहिणी भैया की आंखों से स्नेह बरसने लगा। बोले, "एक रसोइया तो रख नहीं सकता। दोनों समय चूल्हा फूंकते-फूंकते तुम्हारी देह सूख गई है।" और वे पान खाकर चले गए।

अभया ने अन्दर से एक पत्र लाकर हाथ पर रख दिया। बर्मा-रेलवे से आया था। बड़े साहब ने लिखा था—अभया का पति लगभग दो साल पूर्व किसी बड़े अपराध के कारण नौकरी से निकाल दिया गया था, तब से पता नहीं कहां है। उसने पूछा, "अब आपकी क्या सलाह है ?"

देर तक चुप रहकर मैंने पूछा, "घर लौट जाने के बारे में आपकी क्या राय है ?"

"कुछ नहीं। आप कहें तो जा सकती हूं परन्तु मेरे वहां कोई है नहीं। रोहिणी बाबू अभी दस साल तक उधर जाने को तैयार नहीं। एक बात और। मेरे लिए वे ज़रा भी ज़िम्मेदार नहीं। दोष मेरा है।"

इसी समय गाड़ीवान ने आवाज़ दी। मेरी जान बच गई। "फिर जल्दी आऊंगा" कहकर मैं बाहर निकल आया। अभया ज़मीन की ओर देखती रह गई।

थोड़ी ही दूर गया था कि याद आई, छड़ी भूल आया हूं। गाड़ी खड़ी कर लौटा तो देखता हूं, दरवाज़े के अन्दर सामने की ओर अभया औंधी पड़ी है और बाण बिंधे पशु की तरह यंत्रणा से आर्तनाद कर रही है। मुझे समझ में न आया कि उसे कैसे सान्त्वना दी जाए। चुपचाप लौट आया। वह वैसे ही रोती रही। उसे मालूम भी न पड़ा कि मैं उसे इस हालत में देख गया हूं।

राजलक्ष्मी का पत्र लिखने का अनुरोध मैं भूला न था, किन्तु आलस्यवश लिख न पाया था। आज अभया का रोना मेरे हृदय में इतना भारी हो गया कि उसका कुछ भाग बाहर निकाले बिना रहा नहीं गया। डेरे पर पहुंचते ही पत्र लिखने बैठ गया—राजलक्ष्मी के सिवा मेरा दु:ख बटाने वाला और कौन था? बारह बजे रात पत्र समाप्त हुआ और मैं उसे उसी समय डाक में डाल आया।

तीन-चार दिन बाद बड़े साहब ने एक ज़रूरी फाइल मुझे भेज दी। मुझे एक 'केस' का फैसला करना था। मामला पढ़कर मैं सन्न रह गया। हमारे प्रोम आफिस के एक क्लर्क को वहां के अंग्रेज़ मैनेजर ने लकड़ी चुराने के जुर्म में बर्खास्त कर दिया था। क्लर्क का नाम देखते ही मालूम हो गया कि वही अभया का अभागा पति है। उसकी लम्बी-चौड़ी कैफियत भी थी। मैं समझ गया कि बर्मा-रेलवे से भी वह इसी प्रकार के किसी गम्भीर अपराध में निकाला गया होगा। थोड़ी देर बाद उसने स्वयं सशरीर दर्शन दिए। देखते ही शरीर घृणा से कंटकित हो गया। पुराने गंदे कपड़े पहने था। दाढ़ी-मूंछों से ढका काला मुंह, मोटे होंठ, पान इतना कि कोनों में जम गया था। जानता हूं कि पति ही स्त्री का देवता है, किन्तु इस मूर्तिमान नीचता के निकट अभया की कल्पना करना कठिन हो गया। उस सुरुचि-सम्पन्न सुन्दरी के लिए यह जंगली भैंसा!

पूछने पर उसने अपने को निर्दोष बताया। उसके रहते प्रोम का अंग्रेज़ मैनेजर लूटकर खा नहीं सकता, इसलिए उसके प्रति उसकी जलन है। मुझे उसकी बात पर विश्वास नहीं हुआ। मैंने कहा, "नौकरी चली जाए, तो भी आप जैसे होशियार व्यक्ति के लिए बर्मा में जीविका की क्या चिन्ता है? रेलवे की नौकरी छूटने पर कितने दिन आप खाली रहे?"

वह अचकचाया। फिर संभलकर बोला, "पर मैं गृहस्थ हूं, कई बच्चे-कच्चे······।"

आपने क्या किसी बर्मी स्त्री से विवाह कर लिया है?"

पहले उसने प्रश्न को टालना चाहा, पर मेरे यह कहने पर कि इसमें बुराई क्या है, बोला, "मेरा देश में कोई नहीं है और जब यहीं रहना, नौकरी करना है, तब आप समझ सकते हैं।"

"आप अभया को जानते हैं ?"

"एक समय वह मेरी स्त्री थी। अब कुछ नहीं, मैं उसे त्यागकर चला आया हूं।"

"अपराध ?"

"वह दुश्चरित्र है। उसीकी लज्जा के कारण मुझे देश छोड़ना पड़ा।"

शुरू से ही मुझे उसकी किसी बात पर विश्वास नहीं था, परन्तु अब मैं समझ गया कि वह जितना नीच है उतना ही क्रूर भी है, मैंने पूछा, "आते समय तो उससे आपने कुछ भी नहीं कहा। बहुत दिनों तक रुपया-पैसा भी भेजते थे।"

बोला, "आप जानते हैं, शरीफ लोग स्त्री के कलंक की डुग्गी नहीं पीटेंगे। हटाइए, ऐसी स्त्रियों का नाम मुंह पर लाना भी पाप है। केस का फैसला तो आप ही करेंगे न ? उस अंग्रेज़ साहब को हेडआफिस बुला लीजिए या ऐसा दंड दीजिए कि याद करे। बड़े साहब तो आपकी मुट्ठी में हैं। आप उनका बहाली का आर्डर दिला देते, तो अभी रात को ही मैं चला जाता।"

"कोई लाभ न होगा, आप अन्यत्र नौकरी तलाश कीजिए। मैं आपको बर्खास्त करने का ही नोट दूंगा।"

वह ज़ोर से रो पड़ा। क्लर्क, चपरासी सभी दंग रह गए। मैंने कहा, "अभया आपके लिए बर्मा आई है। आपकी सब बातें सुनकर यदि वह क्षमा कर सके और आप उसके पास से पत्र ला सकें, तब मैं आपकी नौकरी बहाल रखने की कोशिश करूंगा। कल इसी समय आओगे, तो पता बता दूंगा।"

मैंने शाम को अभया से सब बातें बता दीं और पूछा, "उसे माफ कर सकोगी ?"

उसने आंचल से आंखें पोंछते हुए सिर हिलाकर अपनी सम्मति दी। मैंने पूछा, "तुम्हें साथ ले जाना चाहे तो जाओगी ?" उसने फिर उसी प्रकार सिर हिलाकर सम्मति जताई।

'बर्मा की स्त्रियों का साहस जैसा होता है, उसे जानते हुए जाओगी ?" इस बार उसने मुंह ऊपर उठाया। मैंने देखा—आंसुओं की धार बह रही है। आंचल से आंखें पोंछकर बोली, "न जाऊं तो

मेरे लिए और उपाय क्या है ?"

मुझसे कुछ उत्तर देते नहीं बना। डेरे को लौटते हुए बार-बार निराश्रय रमणी के निरुपाय प्रश्न से व्यथित होता रहा। दूसरे दिन जब वह आदमी अभया का ठिकाना जानने आया, तब मारे घृणा के मैं उससे बात भी न कर सका। ठिकाना जानकर वह चला गया। अगले दिन उसने अभया की एक लाइन की चिट्ठी ला दी और कहा, "जितने दिन जिऊंगा, आपका गुलाम होकर रहूंगा।" मैंने कहा, "जाओ, काम करो; इस बार बड़े साहब ने क्षमा कर दिया है।"

वह तरह्-तरह की खुशामद की बातें करता रहा। कहने लगा कि उसने स्त्री पर जो कलंक लगाया था वह लाजवश, अन्यथा वह अभया को सदा प्राणों से अधिक चाहता रहा है। ऐसी सती रमणी कहां है ? बर्मियों के हाथ से अपने प्राण बचाने के लिए ही उसने यह उपसर्ग कर लिया था। अब जब वह लक्ष्मी मिल गई है तो इन्हें दूर करते कितनी देर लगेगी ! जाते ही झाड़ू मार सबको बिदा कर देगा। इस तरह की अनेक अनर्गल बातें कहकर उसने प्रस्थान किया।

४

कुछ दिनों बाद मुझे अभया के पति का पत्र मिला—कृतज्ञता एवं शिष्टता से पूर्ण। लिखा था, "अपनी शक्ति से अधिक खर्च करके एक बड़ा मकान किराए पर ले लिया है। उसमें एक ओर अपने बर्मी स्त्री-पुत्रादि को रखकर, दूसरी ओर अभया को लाकर रखने का प्रयत्न कर रहा हूं, पर अभया राज़ी नहीं होती। अब स्त्रियों में वह पति-भक्ति कहां है जिसके लिए हिन्दू नारी अपने कोढ़ी पति को कंधे पर लादकर वेश्या के यहां ले जाती थी। अभया अब भी दूसरे के घर में रह रही है। रोहिणी नाम के किसी व्यक्ति ने उसे पत्र और रुपये भेजे हैं।" इत्यादि।

पढ़कर समझ में नहीं आया कि अभया क्या चाहती है। वह कैसे आशा करती है कि उसका पति बर्मी स्त्री-बच्चों को छोड़ दे ? रोहिणी ने ऐसा व्यवहार क्यों किया ? दूसरे दिन आफिस में अभया की चिट्ठी मिली। इसमें रोहिणी की ही बातें थीं, उसके लिए अपनत्व

का भाव था और मुझसे हर तरह की सहायता करते रहने का अनु-रोध था। यह भी लिखा था कि अनेक कारणों से वह वहीं आकर रह रही है, जहां पहले ठहरी थी। पढ़कर, दुःसह दुःख और अन्याय के बीच भी सती धर्म की अपूर्वता और विराट महिमा की जो छाप अन्नदा जीजी मुझपर डाल गई हैं, वह हिल उठी। मैं रोहिणी के घर गया। झांककर देखा—घर भांय-भांय कर रहा है, केवल रसोईघर से कुछ धुआं निकल रहा है। रोहिणी बाबू हंसिया से एक बैंगन के दो टुकड़े करके निश्चेष्ट, खोए हुए से बैठे हैं। मैं चुपचाप बाहर आकर बरामदे में मोढ़े पर बैठ गया। कुछ देर बाद रोहिणी बाबू दीप जलाने आए तब मुझे देख चौंक पड़े और भीतर ले जाकर बिठाया। हम दोनों चुप रहे। बड़ी देर बाद मैंने ही कहा, "रोहिणी भैया, अब यहां क्यों रहते हो? चलो मेरे साथ, बड़ा कष्ट है आपको।"

"कष्ट मुझे अब क्या! ट्यूशन छोड़ दी है, आफिस का काम करने में ही थक जाता हूं, फिर यह भोजन बनाना!" किन्तु वह दूसरी जगह जाने को तैयार नहीं हुआ।

एक दिन बाज़ार में न जाने क्या सोचता जा रहा था कि देखा, सामने रोहिणी भैया का घर है। दो-एक बार सांकल खटखटाते ही द्वार खुल गए तो देखा—अभया। मुंह से निकला, "अरे, तुम!" अभया का मुंह लाल हो उठा, वह बिना जवाब दिए अपने कमरे में चली गई और अन्दर से कुंडी बन्द कर दी। पहले सोचा, लौट चलूं पर न जाने क्यों आंगन में जाकर खड़ा हो गया।

एकाएक अभया दरवाज़ा खोलकर आ खड़ी हुई। बोली, "जन्म जन्मान्तर के अन्ध-संस्कार के धक्के से मैं भाग खड़ी हुई थी, श्रीकान्त बाबू! उसे आप सच्ची लज्जा न समझना। आप अब बैठ जाइए। रोहिणी बाबू आते होंगे। आपके विचार में यदि हम अपराधी हों, तो जो दण्ड आप देंगे, हम मंजूर करेंगे।"

"वापस कब आईं?"

"परसों। वहां क्या हुआ—यह देखिए।" कहकर उसने अपना दाहिना हाथ उघाड़कर दिखाया—बेंत के निशान चमड़ी पर उभरे थे। बोली, "ऐसे भी निशान हैं जो आपको दिखा नहीं सकती।" जिन दृश्यों को देख मनुष्य विवेक खो बैठता है, उन्हींमें से एक दृश्य

यह था। अभया बोली, "किन्तु मेरे वापस लौटने का यही एक कारण नहीं है, श्रीकान्त बाबू! यह तो मेरे सती धर्म का छोटा-सा पुरस्कार है। मैंने स्त्री होकर इतनी दूर आकर पतिदेव की शान्ति भंग करने की जो हिमाकत की, उसीका यह दण्ड है। घर ले जाकर उन्होंने मुझसे रोहिणी के साथ यहां आने का कारण पूछा। मैंने कहा, 'मेरे बाप नहीं, मां भी मर गई। मेरा पालन कौन करता? तुम्हें बराबर चिट्ठी लिखने पर भी उत्तर नहीं मिला।' बस बेंत उठाकर उन्होंने कहा, 'अभी उत्तर देता हूं।' "

मैंने कहा, "अन्तर्यामी के समीप आप निष्पाप हैं, वे आपका कल्याण ही करेंगे।"

५

दादा ठाकुर के होटल में रहते समय मनोहर चक्रवर्ती नाम के एक सज्जन से मुलाकात हो गई थी। बाद में उनसे मेलजोल खूब बढ़ गया था।

मैं बहुत दिनों से अभया के पास नहीं गया था, पर उसकी बात सोचता रहता था। एक उदासी में मेरे दिन बीत रहे थे कि प्लेग ने नगर में आकर अपना घूंघट खोल दिया। लोगों में आंतक छा गया। शहर के चौदह आना लोग मज़दूर या नौकरी करने वाले थे, इसलिए उनके भागने की भी सुविधा न थी। शनिवार को मैं शहर की एक गली से सड़क की ओर जा रहा था कि देखा, एक जीर्ण मकान की ऊपरी मंज़िल से मनोहर चक्रवर्ती आवाज़ दे रहे हैं। पास जाने पर कहने लगे, "तेरह-चौदह दिन हुए, इधर आ गया हूं, पर मुहल्ले में प्लेग फैल गया है।" मैंने पूछा, "यह दुर्गन्ध काहे की है?" नौकर बोला, "कोई चूहा मर गया होगा।" मैंने पूछा, "इसमें चूहे मर रहे हैं क्या?" उसने कहा, "चार-छः तो हर रोज़ सुबह मैं फेंकता हूं।" मेरा शरीर सन्-सन् करने लगा। मनोहर बाबू बोले, "कल रात मैंने स्वप्न देखा कि सीढ़ी पर गिर पड़ा हूं। सुबह उठा तो मालूम हुआ, दाहिना कूल्हा सूज आया है। बड़ी तकलीफ है, ज्वर तक हो गया है।" सुनते ही मेरा चेहरा भय से काला पड़ गया।

मैं डाक्टर बुला लाया। डाक्टर ने परीक्षा करने के बाद अलग

ले जाकर मुझसे कहा, "इनका कोई कुटुम्बी हो तो खबर दीजिए। दवा लिखे जाता हूं; सिर पर बरफ रखिए, दवा पिलाइए। पर सबसे जरूरी है कि प्लेग हास्पिटल भिजवा दीजिए।" लौटकर चक्रवर्ती से कहा, तो वे हास्पिटल जाने को तैयार न हुए। इधर-उधर देखा तो नौकर भी गायब। प्लेग शब्द सुनते ही वह चला गया था। विवश होकर मैं ही दवा, बर्फ, आइसबैग वगैरा लाया। और रात-भर मैं उनके सिर पर पारी-पारी आइसबैग रखता रहा। दूसरे दिन दो बजे वे शय्या पर गिर पड़े। एक बार होश में आकर कहा, "मेरे ट्रंक में तीन सौ गिन्नियां हैं। मर जाऊं तो मेरी स्त्री को भेज देना। पता ट्रंक में ही मिल जाएगा।" बहुत देर संघर्ष करने के बाद आधी रात को मनोहर बाबू ने दम तोड़ दिया। दूसरे दिन मृत्यु का प्रमाण-पत्र लेने, पुलिस बुलाने, तार देने, गिन्नियों का प्रबन्ध करने, मुर्दे को विदा करने में दिन के तीन बज गए।

मैं डेरे पर लौट आया। पिछले दिन तो एकादशी ही थी। आज भी शाम हो गई। डेरे पर आकर जान पड़ा जैसे दाहिने कान की जड़ में सूजन आ गई है और दर्द हो रहा है। समझ गया कि जब तक होश-हवास दुरुस्त हैं, अपनी सब व्यवस्था कर लेनी चाहिए। मैंने निश्चय कर लिया कि रंगून के एक कोने में अभया नाम की जो पापिष्ठा रहती है, उसीके कंधे पर इस सांघातिक रोग का भार डाल देना चाहिए। मरना है, तो वहीं मरूं। बस, गाड़ी मंगवाकर रवाना हो गया।

मृत्यु का परवाना लेकर जब मैं अभया के द्वार पर जा खड़ा हुआ, तब अभया का मुंह एकदम सफेद पड़ गया। बोली, "तुम्हारा दायित्व मैं न लूंगी तो कौन लेगा!" दोनों आंखें भर आईं, फिर भी मैंने कहा, "मैं तो जा रहा हूं, तब जाते-जाते तुम्हारी नई गृहस्थी पर इतनी बड़ी विपदा डाल जाने का मन नहीं होता। मेरे होश-हवास दुरुस्त हैं, गाड़ी खड़ी है, मैं प्लेग हस्पताल तक जा सकता हूं। तुम जी कड़ा करके कह दो—जाओ।" अभया ने उत्तर दिए बिना मेरा हाथ पकड़ लिया, मुझे ले जाकर बिस्तर पर सुला दिया, अपने आंसू पोंछे और मेरे जलते माथे पर हाथ फेरते हुए कहा, "तुमसे 'जाओ' कहने की शक्ति होती तो नये सिरे से यह गृहस्थी न कायम करती।"

शायद वह प्लेग न था, इसलिए मैं दस दिन में ठीक हो चला। एक दिन आफिस का चपरासी एक चिट्ठी दे गया। खोलकर देखा—प्यारी की चिट्ठी है; "मेरी मृत्यु का समाचार तो तुम्हें ज़रूर ही मिलेगा। जीते-जी कोई ऐसी बात नहीं कि जाने बिना तुम्हारा काम न चले। परन्तु मेरे लिए ऐसा नहीं है। मेरे प्राण तो विदेश में ही टंगे रहते हैं। मैं इसी महीने में बंकू का विवाह कर देना चाहती हूं, तुम अपनी सम्मति लिखना। क्यों तुम्हारी सम्मति चाहती हूं, यह एक बार और मुझे देखे बिना नहीं समझोगे। जैसे बने आ जाओ, तुम्हें मेरे सिर की कसम है। फिर अभया के बारे में मैंने जो पत्र लिखा था उसका उत्तर था: "तुम्हारे मुंह से मेरा नाम सुन चुकी हों तो उन्हें मेरा सहस्र-कोटि नमस्कार कहना। अपनी तेजस्विता के कारण वे मेरी वन्दनीया हैं। उनका विचार सावधानी से करना, मेरी जैसी स्त्री के बटखरे से उनके पाप-पुण्य का वज़न न करना।" मैंने अभया को पत्र दे दिया। दो-तीन बार पढ़कर जल्दी से चली गई—शायद अपने आनन्द की वेदना को छिपाने के लिए।

आध घण्टे के बाद मुंह-आंख धोकर आई और बोली, "श्रीकान्त भैया!"

"अरे, मैं भैया कब से हो गया? तुम लोग सब ओर से मेरा रास्ता बन्द कर रही हो?"

"क्या मन ही मन कोई मतलब गांठ रहे थे? अच्छा सुनो, तुम एकाध महीने की छुट्टी लेकर चले जाओ। मुझे लगता है, तुम्हारी उन्हें बड़ी ज़रूरत है।" मैं स्वयं भी ज़रूरत अनुभव कर रहा था। एक महीने की छुट्टी लेकर यात्रा के लिए तैयार हो गया।

जाते समय अभया ने कहा, "पुरुष सब समस्याओं की मीमांसा नहीं कर सकते। यदि अटको तो मेरी राय लोगे, यह वचन दो।" वचन देकर मैं गाड़ी में जा बैठा। अभया ने नमस्कार करके कहा, "मैंने तार दिलवा दिया है, किन्तु जहाज़ पर अपना ख्याल रखना भैया! मैं तुमसे और कुछ नहीं चाहती।" 'अच्छा' कहकर नज़र उठाई तो देखा, उसकी आंखें भर आई हैं।

६

कलकत्ता के घाट पर जहाज़ लगते ही बंकू सीढ़ी से चढ़ आया और प्रणाम करके कहा, "मां गाड़ी में बैठी राह देख रही हैं, आप चलिए, मैं सामान लेकर आता हूं।" बाहर आने पर रतन ने पैर छूकर प्रणाम किया और गाड़ी तक ले जाकर दरवाज़ा खोल दिया। राजलक्ष्मी ने कहा, "आइए। रतन, तुम लोग एक और गाड़ी करके आ जाना। दो बज रहे हैं, इन्होंने नहाया-खाया नहीं।" गाड़ी चल दी। बोली, "तबियत बहुत खराब हो गई थी क्या ?"

"खराब हो गई थी, पर ज़्यादा नहीं। तुम भी तो स्वस्थ नहीं दीखतीं। घर से कब आईं ?"

"परसों, अभया का तार मिलते ही आ गई। आना तो था ही जानते हो, यहां तुम्हें कितना काम करना है ?"

"काम की बात फिर होगी, पहले बताओ, ऐसी क्यों दिखाई दे रही हो ? तुम्हें क्या हुआ था ?"

राजलक्ष्मी हंस दी। न जाने कितने दिनों से यह हंसी नहीं देखी थी। बोली, "कैसी लगती हूं, बीमार ?"

इस सवाल का जवाब न दे सका। बीमार ? नहीं। जैसे देश-विदेश के कितने ही तीर्थों में पैदल चलती लौटी हो—थकी, मुरझाई, जैसे अपना बोझ उठाने की शक्ति न रह गई हो, प्रवृत्ति न रह गई हो, केवल निर्भय होकर आंखें मूंद सो रहने के लिए जगह ढूंढ़ रही हो।

वहू बाज़ार के डेरे पर पहुंचते ही राजलक्ष्मी ने हाथ से बताकर कहा, "यह सीढ़ी है। तुम्हारा कमरा तीसरी मंज़िल पर है। ज़रा जाकर सो रहो।" और रसोईघर की ओर चली गई। ऊपर जाकर देखा—कमरा मेरे लिए सजाया गया है। पटना के मकान से मेरा हुक्का, मेरी किताबें और सूर्यास्त का वह चित्र भी लाना नहीं भूली है जो मुझे बहुत पसन्द था। मेरी आवश्यकता की सब चीजें व्यवस्था-पूर्वक रखी हुई हैं। मैं एक आरामकुर्सी पर जाकर लेट गया। फिर नहा-खाकर सो गया। नींद टूटने पर देखा, पश्चिम की खिड़की से आकर संध्या की धूप मेरे पैरों के निकट पड़ रही है और प्यारी एक

हाथ के बल मेरे मुंह पर झुकी आंचल के छोर से सिर, कन्धे और छाती का पसीना पोंछ रही है। बोली, "यह कमरा बहुत गरम है। कल दूसरी मंज़िल पर अपने पास के कमरे में व्यवस्था कर दूंगी।" फिर पास बैठकर हवा करने लगी। रतन ने आकर चाय के लिए पूछा। बोली, "ले आ, और बंकू को ज़रा भेज देना।" बंकू के आते ही कहा, "ज़रा कागज़-पेंसिल लेकर बैठ जा बेटा! क्या-क्या लाना है, लिख ले और दरबान के साथ जाकर ले आ, घर में कुछ है नहीं।"

सब नौकर-चाकरों, यहां तक कि बंकू के सामने मेरे बिलकुल निकट निर्द्वन्द्व बैठकर बात करने की यह पहली घटना है। इसके अपूर्व सौन्दर्य ने मुझे अभिभूत कर दिया। जब बंकू और रतन चले गए, प्यारी ने पूछा, "भला बताओ, रोहिणी बाबू और अभया में से किसका प्यार अधिक है?"

मैंने हंसकर कहा, 'जो तुमपर हावी है, उसी अभया का।"

"पर अधिक प्यार तो रोहिणी बाबू का ही है। इसीलिए उन्होंने इतना बड़ा दुःख सिर पर उठा लिया। उनका कोई कर्तव्य तो था नहीं। अभया को इसमें क्या स्वार्थ-त्याग करना पड़ा?"

रात को उसने कहा, "बंकू के ब्याह को अभी दस-बारह दिन की देर है, चलो न, काशी चलें, तुम्हें गुरुजी को दिखा लाऊं।" मैंने कहा, "इससे मुझे क्या लाभ?" बोली, "मेरे लिए चले चलो। लाभ मुझे तो है।" उसके लिए मैं राज़ी हो गया।

दूसरे दिन काशी पहुंचकर प्यारी के मकान में ठहरा। ऊपर के दो कमरों को छोड़ सारा मकान विधवाओं से भरा था। प्यारी बोली, "ये सब मेरी किरायेदार हैं, पर मुझे इन्हें खाना कपड़ा भी देना पड़ता है। एकाध रिश्तेदार भी है। शायद तुम्हें याद होगा कि मां के साथ आने पर इस काशी में ही मेरी 'मृत्यु' हुई थी, तब असमय ही जिन्होंने मेरी सद्गति की थी उन लोगों का उपकार क्या भूल सकती हूं? इसलिए पास रखकर उनपर ज़रा कड़ी नज़र रखती हूं कि वे अब कहीं और उपकार न करने लगें।"

"तुम्हारे हृदय के भीतर क्या है, बीच-बीच में चीरकर देखने की इच्छा होती है लक्ष्मी!"

"मरने पर देख लेना। अच्छा जाकर सो रहो, रसोई बन जाने

पर उठा दूंगी।"

रात को बोली, "व्यर्थ तुम्हें लाई, गुरुदेव तीर्थाटन को चले गए हैं।"

"क्या मेरा कलकत्ता जाना ज़रूरी है? न हो, ज़रा पश्चिम घूम आऊं?"

"चलो, प्रयाग स्नान कर आएं।" मुझे चुप देख बोली, "सोचते हो, साथ कोई देख लेगा? आरा में जब गोद में लिए मेरे रात-दिन कटे तब सौभाग्य से किसीने नहीं देखा।"

"तुमसे मनुष्यता में मैं बड़ा हीन हूं, तुमने प्राणदान दिया है, पर मैं बड़ा छोटा आदमी हूं, तुम्हारे साथ मेरी तुलना नहीं हो सकती।"

"छोटा समझती तो गले में फांसी लगाकर सारी ज्वाला बुझा देती।" इतना कहकर चली गई।

दूसरे दिन सुबह चाय देकर चली जा रही थी। मैंने पूछा, "बात-चीत बन्द है क्या?"

"कुछ कहोगे?"

"चलो, प्रयाग हो आएं।"

"नहीं, अनुग्रह नहीं चाहती। जब ज़रूरत होगी, मांग लूंगी। इस समय नहीं।"

दोपहर के समय हंसकर बोला, "मुझसे बोलना बन्द कर तुझसे रहा जाएगा?"

"सामना होने पर किसीसे नहीं रहा जाएगा, मुझसे भी नहीं। मैं कल से ही सोच रही हूं कि यह जो निर्लज्ज वाचाल की तरह याचना करती तुम्हारे पीछे-पीछे फिर रही हूं—वह क्या बुढ़ापे में मुझे सोहता है?" वह चली गई।

संध्या समय एक दासी जलपान की सामग्री ले आई। मालूम हुआ—राजलक्ष्मी मकान में नहीं है। सिंगार करके फिटन पर कहीं गई है। ख्याल आया—काशी में ही तो 'मरी' थी। बाहर निकल गया, रास्तों में देखता-खोजता फिरा। दस बजे रात लौटा। मालूम हुआ, अब भी नहीं आई है। रतन से पता लगाने जा रहा था कि घोड़ों की टाप सुनाई दी। खिड़की से देखा—एक भारी फिटन दरवाज़े पर

खड़ी है। प्यारी उतर रही है। चांदनी में उसके आभूषण चमक रहे हैं। दो भले आदमी फिटन में बैठ प्यारी से धीरे-धीरे कुछ कह रहे हैं। फिर फिटन चली गई।

राजलक्ष्मी ने मेरी खबर लेने के लिए उसी साज-सिंगार के साथ मेरे कमरे में प्रवेश किया। मैंने व्यंग्य में कहा, "तुम्हारा सुन्दर रूप त्रैलोक्य विजयी हो—मैं दूर से तुम्हारा जयगान करके धन्य होऊं।"

"इसका अर्थ ?"

"मैं इसी एक बजे की गाड़ी से प्रयाग जा रहा हूं। वहां से बर्मा जाऊंगा। अवसर रहा तो मिलकर जाऊंगा।"

"मैं कहां गई थी, यह सुनना भी ज़रूरी नहीं समझते ?"

"नहीं। इस पापी मुंह से कुछ नहीं कह सकता, पर इस गोरख-धंधे के पार हो सकूं तो···"

"तुम क्या मुझपर, जो चाहो, वही अत्याचार कर सकते हो ? मुझे बिना अपराध दण्ड देने का तुम्हें अधिकार है ?"

"नहीं। पर जाने को ही दण्ड कहती हो तो वह अधिकार ज़रूर है।"

"मैं कहां गई थी, क्यों गई थी, नहीं सुनोगे ?"

"नहीं, कुछ मेरी राय लेकर तो गई न थी। फिर न मेरे पास समय है, न इच्छा।" वह चली गई।

आदमी गाड़ी बुलाने गया। घण्टे-भर बाद गाड़ी आ जाने पर मैं चुपचाप गाड़ी में जा बैठा। पर प्लेटफार्म पर पहुंचते-पहुंचते गाड़ी छूट गई। आधे घण्टे बाद गाड़ी कलकत्ता जाती थी। सोचा—बहुत दिनों से गांव नहीं देखा, चलो वहीं चलें। इस तरह प्रयाग के बदले कलकत्ता चल दिया।

७

शाम को गांव पहुंचकर देखा—सारे मकान पर सगे-सम्बन्धियों और उनके रिश्तेदारों ने कब्ज़ा कर रखा है। मुझे देखते ही आनन्द से उनका मुंह काला पड़ गया। उस समय एक कमरा भी खाली न हो सका। एक ने कहा, "तब तक न हो बरामदे में तख्त पर सो

जाओो।"

"अच्छा, आज रात-भर के लिए यही सही।" वास्तव में मैं बहुत थक गया था। बर्मा की बीमारी के बाद शरीर पूरी तरह स्वस्थ-सबल नहीं हो पाया था। सिर दुख रहा था। लोगों ने कहा, "सिर में गर्मी चढ़ गई है, भात खाकर सोने से चली जाएगी।" मैं भात खाकर सो गया। सुबह नींद टूटी तो खूब जोर का बुखार चढ़ गया था। मैंने उस रोज़ लंघन किया। दूसरा, तीसरा दिन बीता, पर बुखार नहीं उतरा। गोविन्द डाक्टर देखने आने लगे, पर दस-बारह दिन बीत गए, ज्वर कम नहीं हुआ। एक दिन मनीबैग भी गायब हो गया। स्थिति बिगड़ने लगी। राजलक्ष्मी को एक पत्र लिखा, पर लिखने में ऐसा अपमान अनुभव हुआ कि फाड़कर फेंक दिया। दूसरा दिन भी बीत गया। हालत अच्छी न देखकर, निराश होकर राजलक्ष्मी को पटना और कलकत्ता के पते पर पत्र लिखकर भिजवा दिए। वह रुपये भेजेगी, इसमें सन्देह नहीं।

समय पर पोस्टमैन की प्रतीक्षा करता रहा पर समय निकल गया। करवट ले रहा था कि दूर से एक गाड़ी की निकट आती आवाज़ को सुन तकिये के सहारे उठ बैठा। गाड़ी आकर सामने खड़ी हो गई। देखता हूं कोचवान की बगल में रतन बैठा है। उसके उठकर दरवाज़ा खोलते ही जो दिखाई दिया उसपर विश्वास करना कठिन हो गया। राजलक्ष्मी गांव के रास्ते पर आकर खड़ी हो सकती है, यह मेरी कल्पना के परे था।

उसने धीरे पद से मेरे कमरे में आकर प्रणाम किया, पैरों की धूल मस्तक पर लगाई, फिर हाथ से सिर और छाती पर ताप देखकर बोली, "ज्वर इस समय तो नहीं है, उस समय सात की गाड़ी से जाना हो सकेगा? घोड़े खोल देने को कह दूं? न हो, आज रहने दो, रात में सर्दी लग सकती है। कल सुबह चलेंगे।" मैं होश में आकर बोला, "तुम यहां आई कैसे? क्या तुम्हें लोग पहचान न लेंगे?"

"पहचानेंगे क्यों नहीं? यहीं जनमी, बड़ी हुई, पहचानेंगे नहीं?"

"तब?"

"तब क्या? मेरा भाग्य! नहीं तो तुम यहां आकर बीमार

ही क्यों पड़ते ?"

"आई क्यों ? रुपये भेजने से भी तो काम चल जाता ?"

"ऐसा भी कभी हो सकता है ? ऐसी बीमारी की खबर पाकर मैं स्थिर रह सकती हूं ?"

"लाज-शर्म भी गई ? यहां मुंह दिखाने में हिचक नहीं हुई ?"

"मेरी लाज-शर्म तो इस समय तुम हो।"

"बंकू का विवाह हो गया ? कहां से आ रही हो ?"

"हो गया। अभी पटना से आ रही हूं। पहले कलकत्ता चलो, तुम्हें दिखा लूं, फिर पटना चलेंगे।" मैंने पूछा, "मुझे पटना क्यों जाना होगा ?"

"दानपत्र की रजिस्ट्री करनी पड़ेगी। तुम्हारी आज्ञा बिना तो कुछ नहीं हो सकता।"

"कैसा दानपत्र ? किसके नाम ?"

"दोनों मकान बंकू को दिए हैं। प्रयाग का मकान गुरुदेव को देने का विचार किया है। कम्पनी, कागज़, गहने आदि का बंटवारा भी अपनी समझ से कर दिया है। तुम्हारी स्वीकृति-भर की देर है।"

"हरिश्चन्द्र के समान यह दुर्बुद्धि दी किसने ? बुढ़ापे में खाओगी क्या ?"

"जिसने बुद्धि दी, वही खाने को देगा। तुम चुपचाप पड़े रहो।" मैं शान्त होकर पड़ गया। उसकी ओर देखकर लगा, अद्भुत शोभा एवं सौन्दर्य से विश्व-ब्रह्माण्ड भर गया है। कहीं कोई अभाव-अभियोग नहीं है। इसी समय बाबा ने कहा, "यह लड़की कौन है श्रीकान्त ! पहचानी लगती है।" राजलक्ष्मी का मुंह मुर्दे जैसा सफेद पड़ गया। मेरे मन ने कहा, 'तुम्हारे ही लिए इसने यह दुःख उठाया है।' झट बोला, "तुम अपने पति की सेवा करने आई हो, तब लाज कैसी राजलक्ष्मी ? ये बाबा और डाक्टर हैं, इन्हें प्रणाम करो।"

उससे पल-भर के लिए आंखें मिलीं। फिर उसने उठकर भूमिस्थ हो प्रणाम किया।

तृतीय पर्व

थोड़ी देर बाद उठकर रतन से गाड़ी तैयार करने को कहा। तैयार होते ही मेरा सामान उसमें रख दिया गया। मैं चुपचाप उसमें जाकर बैठ गया। कुछ दिन पूर्व ऐसी ही एक सन्ध्या को अपने घर आया था। उस दिन भी किसीने आदर के साथ ग्रहण नहीं किया था और आज भी कोई स्नेह के साथ विदाई देने आगे नहीं आया। उस टूटे घर के प्रति कभी मेरी ममता न थी, पर आज न जाने क्यों इस तरह जाते हुए आंखों में आंसू भर आए। फिर आंख उठाकर देखा—राजलक्ष्मी चुपचाप स्थिर बैठी है, अंधेरे कोने में उसका चेहरा नहीं दिखाई पड़ा; लगा—आंख मूंदकर वह चिन्ता में डूब गई है। मन में कहा, 'आज से अपने को उसीके हाथों में छोड़ता हूं।' रास्ते-भर कोई बात नहीं हुई। स्टेशन पहुंचकर भी किसीने मुझसे कुछ नहीं पूछा। कलकत्ता जानेवाली गाड़ी की घंटी बजने पर भी रतन टिकट लेने नहीं गया, बल्कि मुसाफिरखाने के एक कोने में मेरा बिस्तर लगाने लगा, तब समझ गया कि हमें सवेरे की गाड़ी से पश्चिम की ओर जाना होगा।

मुसाफिरखाने में और कोई आदमी न था, रतन भी न जाने कहां जाकर सो गया था, पर एक टिमटिमाती बत्ती के नीचे राजलक्ष्मी वैसे ही चुपचाप बैठी थी। पास जाकर माथे पर हाथ रखते ही वह चौंककर बोली, "तुम अभी सोए नहीं?" मैंने कहा, "नहीं, किन्तु यहां धूल-मिट्टी में अकेली न बैठो, चलो मेरे बिछौने पर।" कहकर और विरोध का अवसर दिए बिना ही मैंने हाथ पकड़कर उसे उठा लिया। परन्तु अपने पास बिठा लेने पर भी क्या बात करूं यह न सूझा! कुछ समय ऐसे ही बीता। फिर हाथ से टटोलकर देखा—आंखों से आंसू गिर रहे हैं। आंसू पोंछकर ज्योंही मैंने उसे अपने पास खींचा, वह मेरे पांवों पर औंधी पड़ गई और ज़ोर से उन्हें दबा लिया। कुछ देर बाद मैंने कहा, "एक बात तुम्हें नहीं बताई लक्ष्मी?" उसने पूछा, "क्या बात?" मैंने कहा, "मैंने आज से अपने को पूर्णतः तुम्हारे हाथ में सौंप दिया है, अब भले-बुरे का भार तुमपर है।"

वह कुछ देर तक एकटक मेरे मुंह की ओर देखकर मुस्कराती हुई बोली, "तुम्हें लेकर मैं क्या करूंगी ? तुम तो न तबला, न सारंगी ही बजा सकते हो।" किंचित् हंसकर मैं बोला, "आशा दो तो शायद बजा भी सकूं।"

"नहीं बजा सकते। जो आदमी बंदूक लेकर निष्ठुरों की तरह जानवरों को मारता फिरता है, उसके लिए भीतर की इतनी बड़ी वेदना का अनुभव करना क्या संभव है ? शिकार करने के समान चोट पहुंचा सकने में ही उसे आनन्द मिलता है। तुम्हारा दिया बहुत-सा दुःख मैं यही सोचकर सह सकी हूं।"

मैंने कहा, "फिर भी तो इस निष्ठुर के लिए ही तुमने सब कुछ त्याग दिया !"

"सब कुछ कहां त्यागा ? अपने को तुमने निःसत्त्व होकर ही मुझे दे दिया, उसे तो मैं 'न चाहिए' कहकर त्याग न सकी !"

यात्रा में ही जान गया कि बंगाल के मलेरिया ने मुझे खूब कसकर पकड़ लिया है। पटना स्टेशन से राजलक्ष्मी के घर तक मैं प्रायः मूर्च्छितावस्था में लाया गया। महीने-भर वही हालत रही। बुखार छूटने पर भी डाक्टर ने मालकिन से कह दिया कि रोगी को किसी स्वास्थ्यप्रद स्थान पर ले जाकर रखना चाहिए। फिर बड़े भारी पैमाने पर बांध-बांधी शुरू हो गई। रतन इस यात्रा के विरुद्ध था, उससे मालूम हुआ कि वीरभूमि ज़िले के एक छोटे ग्राम गंगा-माटी की तैयारी है। उस गांव का पट्टा मांजी के नाम है। वे खुद भी वहां कभी नहीं गईं। सिंथिया या किसी स्टेशन से दस-बारह कोस उजड़े मैदानों से होकर बैलगाड़ी पर जाना पड़ता है। गांव में भद्र लोग नहीं रहते, नीची जाति के लोग रहते हैं। वहां घर-द्वार भी नहीं है। एक गुमाश्ता है; उसके पास मिट्टी का मकान बनाने के लिए दो हज़ार रुपये भेजे गए हैं।

मैंने उससे कह दिया कि तुम न जाना चाहो तो कोई तुम्हें ज़बर्दस्ती नहीं ले जा सकता। रतन बोला, "मांजी जादू-मंत्र जानती हैं। अगर कहें कि तुम लोगों को यमराज के घर जाना होगा तो किसीकी हिम्मत नहीं कि 'ना' कह दे," कहकर वह चला गया। परन्तु मैंने अनुभव किया कि वह सच कहता है। मेरी ही नहीं,

सबकी यही दशा है। उससे छूटने के लिए मैंने क्या-क्या नहीं किया —लड़-झगड़कर देख लिया, संन्यासी होकर देख लिया, देश छोड़कर दूर गया कि कभी भेंट न हो, परन्तु मेरी समस्त चेष्टाएं बार-बार व्यर्थ हो गई हैं। बार-बार पराजित होकर आत्मसमर्पण कर दिया है। राजलक्ष्मी उधर से होकर जा रही थी। मैंने कहा, "सब कहते हैं कि तुम जादू-मंत्र जानती हो।"

मुंह बिचकाकर मुस्कराते हुए वह बोली, "हां, जानती तो हूं।"

सिथिया स्टेशन पर गाड़ी पहुंची तब दिन ढल रहा था। गुमाश्ता काशीराम ने दो प्यादे और चार बैलगाड़ियां भेज दी थीं तथा लिखा था—ज़रूरत होने पर ये लोग और भी गाड़ियां ला दे सकते हैं। भोजन आदि से निबटकर संध्या से पहले ही रवाना हो जाना वांछनीय है, क्योंकि मालकिन साहिबा मज़े में सोती हुई आ सकती हैं।

मालकिन उनमें से एक को लेकर पास की किसी तलैया में डुबकी लगा आईं। सामान लद रहा था। मुझसे बोली, "तुम कुछ खा-पी क्यों नहीं लेते? सब कुछ तो आ गया है।" मेरी स्वीकृति पर पेड़ के नीचे आसन बिछाकर केले के पत्ते पर मेरे लिए भोजन लगाने लगीं।

मेरी नींद तब खुली जब गाड़ियां गंगामाटी में मकान के दरवाज़े पर आ खड़ी हुईं। सवेरा हो चुका था और पचास-साठ लड़के-लड़कियां नंग धड़ंग कुतूहलवश इकट्ठे हो गए थे; उनके माता-पिता भी थोड़ी दूर तक ताक रहे थे। इतने में गुमाश्ता काशीराम कुशारी घबराए हुए, दो-तीन आदमियों को लिए आ पहुंचे—किसीके सिर पर टोकरी-भर शाक-सब्ज़ी, किसीके हाथ में दूध-दही, किसीके हाथ में रोहू मछली। राजलक्ष्मी ने गुमाश्ताजी को नमस्कार किया। वे देर हो जाने के लिए कैफियत देने लगे। आदमी मुझे अच्छे लगे। उम्र पचास से ज़्यादा ही होगी, शरीर कृश, दाढ़ी-मूंछ साफ, रंग गोरा।

अन्दर जाकर देखा—कुशारी महाशय ने अच्छा ही प्रबन्ध किया है। जल्दी के कारण पुरानी कचहरी का जीर्णोद्धार कराके उसे रहने लायक बना दिया है। कमरे मिट्टी और छप्पर के होने पर भी ऊंचे

ग्रौर बड़े हैं। बाहर की बैठक भी बहुत ग्रच्छी है। ग्रांगन लम्बा-चौड़ा, साफ-सुथरा ग्रौर मिट्टी की चारदीवारी से घिरा है, एक ग्रोर छोटा कुग्रां तथा दूसरी ग्रोर शेफाली, तुलसी, जूही ग्रौर मल्लिका के पौधे हैं। कुल मिलाकर मन को तृप्ति हुई। हम दोनों ने गांव घूम-फिरकर देखा। छोटा गांव है, दो घर तंबोली ग्रौर एक घर लुहार के सिवा बाकी डोम ग्रौर बावरियों के घर हैं। नाले के उस पार पोड़ामाटी गांव बड़ा है जिसमें ब्राह्मण, कायस्थ ग्रौर दूसरी जातियों के घर हैं। कुशारी महाशय भी वहीं रहते हैं। गंगामाटी गांव की दीनावस्था देख मेरी ग्रांखें भर ग्राईं। कैसे उनकी गुज़र होती है, मैं सोच भी न सका।

२

दूसरे दिन हम दोनों निमंत्रित होकर कुशारी महोदय के यहां भोजन करने गए। राजलक्ष्मी ने कदाचित् पहले ही उनसे कह दिया था कि वह भोजन नहीं करेगी, पर ग्राएगी। ग्रन्यत्र खान-पान का वह बड़ा बचाव रखती है। जाते समय उसका वेश देखकर ग्राश्चर्य हुग्रा। एक हार ग्रौर हाथों में कड़े के ग्रलावा सब गहने उतार दिए हैं। कल रात तक हाथों में जो चूड़ियां थीं वे भी उतार दी हैं। साड़ी भी बिलकुल साधारण पहनी है। मैंने गाड़ी में कहा, "एक-एक करके सभी कुछ छोड़ दिया है। केवल एक मैं बाकी रह गया हूं।"

राजलक्ष्मी ने मेरे मुंह की ग्रोर देखकर मुस्कराते हुए कहा, "ऐसा भी तो हो सकता है कि इस एक ही में सब कुछ रह गया हो। इसीसे जो फालतू था वह एक-एक करके झड़ता जा रहा है। ऐसा ही ग्राशीर्वाद दो न तुम। तुमसे बड़ा तो ग्रौर कुछ मेरे लिए है नहीं, पोड़ामाटी है बहुत नज़दीक, पर बैलगाड़ी का रास्ता घूमकर जाता है, इसलिए दो घण्टे लग जाते हैं।" वह इतना कहकर एक तकिया लगा, मेरे पांवों के पास सो गई। कुशारी महाशय के द्वार तक पहुंचते-पहुंचते दोपहर हो गई। कुशारी एवं उनकी गृहिणी ने हमारी ग्रभ्यर्थना की ग्रौर ग्रन्दर ले गए।

घर की स्थिति काफी ग्रच्छी थी ग्रौर उसे देखने से पता लगता था कि कुशारी ग्रच्छे सम्पन्न गृहस्थ हैं। पन्द्रह-सोलह वर्ष का एक

सुन्दर, सबलकाय लड़का आंगन में खड़ा था। कुशारी महाशय ने उससे कहा, "बेटा हरि, नारायण का नैवेद्य लेकर भोग तो लगा आओ, पूजा में मुझे देर न लगेगी।" कहकर वे चले गए। थोड़ी देर बाद मुझे भोजन के लिए बुलाया गया। अकेले ही बैठना पड़ा, क्योंकि कुशारी महाशय यज्ञोपवीत के बाद से भोजन के समय मौन रहने का व्रत ले चुके थे, इसलिए एकान्त कोठरी में भोजन करते थे। कुशारी गृहिणी बड़े प्रेम से मुझे पंखा झलती पास बैठ गई और उनकी विधवा कन्या परोसने लगी। कुशारीजी दूर खड़े रहे। तब गृहिणी ने उन्हें अनुरोध करके खाने को भेज दिया। बोलीं, "निरामिष अथवा चावल का भात खाते हैं, ठण्डा होने पर खा नहीं सकते, इसीलिए भेज दिया है। परन्तु जो अन्नदाता है, उसके भोजन करने के पहले मुंह में अन्न देना कठिन है।"

मैंने लज्जित होकर कहा, "अन्नदाता मैं नहीं। यदि कुछ हूं भी तो इतना कम कि छूट जाने पर मालूम भी न होगा।" वे बोलीं, "हां बेटा, भगवान ने हमें बहुत दिया है, पर न भी देते तो उनकी दया ही प्रकट होती। घर में यही तो एक विधवा लड़की है। क्या होगा हमारी इन सब चीज़ों का ? इन सबको भोगनेवाले जो थे वे तो हमें छोड़कर चले गए।" कहते-कहते उनकी आंखें डबडबा आईं और होंठ कांपने लगे। मैंने सोचा, उनके किसी योग्य लड़के की मृत्यु हो गई और जिस लड़के को पहले देखा था उससे सान्त्वना नहीं मिल रही है। पर बाद में बात दूसरी ही निकली। उन्होंने जो सुनाया उसका सार यह है कि उनकी देवरानी सुनन्दा ही उनके दुःखों की जड़ है। उनके सास-ससुर का देहावसान हुआ, तब देवर यदुनाथ छ-सात साल का लड़का था। उसे पढ़ा-लिखाकर, पाल-पोसकर आदमी बनाया। पैतृक सम्पत्ति में छोटा-सा मिट्टी का घर और दो-तीन बीघे धर्मादे की ज़मीन थी। यह जो कुछ आज दिखाई दे रहा है सब उनके पति के हाथ की कमाई है। यदि सुनन्दा उनकी सोने की गृहस्थी मिट्टी न कर देती तो सब कुछ यदुनाथ का ही तो होता।

"और आपका यह लड़का ?"

"अच्छा, तुम विजय की बात कर रहे हो ? वह हमारा लड़का

नहीं, देवरजी का छात्र है। रहता हमारे यहां है। कितने कष्ट से मैंने देवर को पाला है, सो अन्तर्यामी ही जानते हैं। उसे मिहिरपुर के शिबू तर्कालंकार की पाठशाला में भेजा। उसके लिए बहुत दिन वहां जाकर रही। पढ़ाई पूरी होने पर गृहस्थ बनाने के लिए लड़की की तलाश में घूमते रहे, इतने में बिना कहे-सुने वह अपने गुरु की लड़की सुनन्दा को ब्याह लाया। मुझसे न कहा, न सही, पर अपने भैया तक से राय न ली। इन्हें बहुत गुस्सा आया क्योंकि वे लोग हमसे छोटे थे। पर मैं सुनन्दा का मुंह देख द्रवित हो गई। फिर जब सुना, उसकी मां मर गई है और बाप ब्याह करने के बाद संन्यासी हो घर से निकल गए हैं, तब उसे अपनाकर कितनी खुश हुई थी। पर कौन जानता था, वही मुझसे इस तरह बदला लेगी। बात यह है कि जिस जायदाद पर हमारा सब कुछ निर्भर है वह किसी ज़माने में एक जुलाहे की थी। एक दिन जुलाहे की विधवा स्त्री अपने नाबालिग लड़के के साथ आकर झगड़ने और न जाने क्या-क्या कहने लगी। छोटी बहू नहाकर रसोईघर की ओर जा रही थी। सुनकर ठक्-सी वहीं रह गई। उसका चेहरा फक् पड़ गया, आंखों से आग-सी निकलने लगी। जुलाहे की स्त्री की बात ने जैसे उसके शरीर का सब खून सुखा दिया हो। बड़ी देर में मेरे पास आकर बोली, 'जुलाहे की बहू को उसके मालिक की जायदाद तुम वापस न कर दोगी जीजी ? उसके बच्चे को सदा के लिए राह का भिखारी बना दोगी ? अगर तुम उसे न लौटाओगी तो मैं रसोई में न घुसूंगी, उस नाबालिग लड़के के मुंह का कौर छीनकर अपने पति-पुत्र को न खिला सकूंगी न मुझसे ठाकुरजी का भोग ही लगाया जाएगा।' सुनन्दा को मैं जानती थी कि झूठ नहीं बोलती और अपने संन्यासी पिता से बचपन में उसने अनेक शास्त्र पढ़े हैं पर यह न जानती थी कि वह यहां तक जाएगी। जो सुनन्दा कभी बात नहीं करती थी और जेठ की देवता की तरह भक्ति करती थी वह इनके पास जाकर कह बैठी 'यह जायदाद जिसकी है उसे यदि आप वापस नहीं कर देंगे तो मैं जीते-जी इस महापाप के अन्न का एक कण भी अपने पति-पुत्र को न खिला सकूंगी।' क्रोध में आकर इन्होंने भी कह दिया, 'जायदाद मेरी है, न रुचे तो जहां चाहे जा सकती हो।' मैंने देवर से जाकर

बहुत कुछ कहा। उसने डबडबाई आंखों के साथ उत्तर दिया, 'भाभी, तुम्हीं मेरी मां हो, और भैया मेरे लिए पिता समान हैं। पर इनसे भी बड़ी चीज़ है धर्म। सुनन्दा ने कुछ अनुचित नहीं कहा है।' बस दोनों लड़के का हाथ पकड़कर बरसते पानी में चले गए। मेरे ससुर की एक मृत रिआया के टूटे-फटे घर में, जिसमें सियार कुत्ते लोटा करते थे, जाकर रहे। बच्चे बिनू के लिए मेरा हृदय रात-भर तड़पता रहा। सुबह मैंने उसके दूध के लिए गाय और बछिया भिजवा दी, पर राक्षसी ने यह कहकर लौटा दी कि वह बिनू को बिना दूध के ही जीवित रहने की शिक्षा देना चाहती है। वह तुम्हारे गांव गंगामाटी में तुम्हारे घर के ही निकट रहती है।"

३

जिन नारी-चरित्रों ने मेरे मन पर गहरी रेखा डाली है उनमें एक कुशारी महाशय के छोटे भाई की विद्रोहिणी पत्नी सुनन्दा भी है। अध्यापक यदुनाथ तर्कालंकर का घर हमारे घर से पश्चिम मैदान के एक किनारे है। जीर्ण और श्रीहीन इस खंडहर पर दृष्टि पड़ते ही बड़ी व्यथा होती है। इस बात का अनुमान किसे हो सकता है कि इस टूटे-फूटे घर में संस्कृत महाकाव्यों का पठन-पाठन हुआ करता है, या उसमें देश की एक तरुणी नारी अपने धर्म और न्याय की मर्यादा रखने के लिए, अपनी इच्छा से अशेष दुःखों का भार वहन कर रही है?

लगभग दस बजे होंगे। बाहर के कमरे में तख्त पर बैठा मैं एक पुराने साप्ताहिक पत्र का विज्ञापन देख रहा था कि एक अपरिचित आदमी ने आकर नमस्कार किया। नमस्कार करके मैंने उन्हें बिठाया। दीन वेश, जूता नदारद, नंगे बदन, एक मैली-सी चादर, धोती में भी कई जगह गांठें बंधी हुईं। मैंने समझा—गांव का कोई मामूली आदमी किसी ज़रूरत से आया है। इसलिए पूछा, "मुझसे आपको क्या काम है, बताइए।" वे बोले, "साधारण आदमी हूं; मेरी ज़रूरतें भी साधारण हैं। मुझे कुछ न चाहिए। मांजी ने याद किया था, उन्हें शायद मेरी ज़रूरत हो।" मुझे क्रोध आ गया, पर इसी समय राजलक्ष्मी ने आकर उनको अभिवादन किया;

तब मालूम पड़ा कि ये तो यदुनाथ तर्कालंकार हैं। राजलक्ष्मी ने उनके यहां बहुत-सी खाद्य-सामग्री भिजवा दी थी। अब पूछा, "आपके छात्र कितने हैं?" उन्होंने कहा, "पांच हैं। विजय तो भैया के यहां रहता है, और एक गांव का ही रहनेवाला है। तीन मेरे यहां रहते हैं। कैसे गुज़र होती है इसे हम दोनों प्राणी ही जानते हैं, फिर भगवान का कार्य रुका नहीं रहता मां! अध्ययन-अध्यापन ब्राह्मण का धर्म ठहरा।" राजलक्ष्मी बोली, "हम पूजा-अर्चा करती हैं परन्तु एक भी मंत्र शुद्ध नहीं बोल सकतीं, उन्हें शुद्ध रूप से सिखाना भी आपका कर्तव्य है।" "सो ही होगा मां!" कहकर वे चले गए। राजलक्ष्मी ने कहा, "आज ज़रा जल्द नहा-खा लो, दोपहर को सुनन्दा के घर चलना पड़ेगा।"

दोपहर को हम गए। राजलक्ष्मी अन्दर चली गई। मैं बाहर टहलने लगा कि सत्रह-अठारह साल का एक लड़का अन्दर बुला ले गया। मालूम हुआ कि तर्कालंकार महाशय बाज़ार गए हैं। मांजी अन्दर हैं। सुनन्दा लाई भून रही थी और राजलक्ष्मी के आने से खड़ी हो गई थी। कम्बल का फटा-सा आसन बिछाकर बोली, "बैठिए।" और लड़के से हुक्का भरकर ला देने को कहा, फिर मुस्कराकर बोली, "किन्तु पान न दे सकूंगी, घर में है नहीं। पंडित-बाम्हन के घर एक हर्र काफी है, शायद ढूंढ़ने से एकाध सुपारी भी मिल जाए, देखती हूं।" पर राजक्ष्मी ने यह कहकर कि "ज़रूरत नहीं, बैठो बहिन, तुमसे दो-चार बातें कर लूं," बिठा लिया। मैंने सुनन्दा को देखा—बंगाली घर की साधारण नारी है। बाहर से कोई विशेषता नहीं दीखती, न रूप न वेश। चारों ओर अभाव है, पर उसके जीवन में मानो प्रवेश नहीं कर पाता। एक अन्याय का प्रतिवाद करने के लिए अपना सारा सुख जीर्ण वस्त्र की तरह त्यागकर चली आई है। मज़ा यह कि इससे उसमें ज़रा भी कटुता नहीं आई है।

इसी समय अजय ने कहा, "तो माताजी! पोथी रख दूं—उत्पत्ति-प्रकरण तो आज भी समाप्त नहीं हुआ। अजय से मैंने आश्चर्यपूर्वक सुना कि सुनन्दा योगवाशिष्ठ पढ़ा रही थी। कुछ देर तक इधर-उधर की बातें करने के बाद राजलक्ष्मी ने अनुभव किया कि इस गरीब गृहलक्ष्मी का न जाने कितने काम का हर्ज हो रहा

होगा। उठकर कहा, "आज जा रही हूं, अगर अप्रसन्न न होगी तो फिर आऊंगी।" मैंने भी कहा, "मुझे भी बात करने के लिए कोई नहीं, यदि अभयदान दें तो कभी-कभी चला आया करूं।" उसने हंसते हुए सिर हिला दिया।

रास्ते में मैंने राजलक्ष्मी से कहा, "आदमी को वश में करने की तुममें अद्‌भुत शक्ति है। देखो, यदि दोनों घरों में मेल करा सको।" वह मुस्कराकर बोली, "शक्ति हो सकती है, पर तुम्हें वश में कर लेना उसका प्रमाण नहीं। वह तो और भी बहुतेरी कर सकती हैं।"

"कोशिश का अवसर आए तब तो?"

"अच्छा भाई, अच्छा। पर यह न समझो कि दिन बीत चुके हैं।"

रास्ते में हम दोनों के सिवा कोई न था। उसने सामने की ओर उंगली दिखाकर कहा, "तुम्हारी छाया क्यों नहीं पड़ती, बताओ भला?" मैंने देखा—दाहिनी ओर हमारी छाया एक में मिल गई है। मैंने कहा, "चीज़ होती है तब छाया पड़ती है, कदाचित् अब वह नहीं है।" उसने पूछा, "पहले थी?" मैंने कहा, "याद नहीं पड़ता।" बोली, "नहीं थी। थोड़ी उम्र से ही उसे देखना सीख गई थी।" फिर बोली, "जान पड़ता है, इतने दिनों बाद मुझे एक साथी मिला है।"

ज्यों-ज्यों दिन बीतने लगे, राजलक्ष्मी पर मंत्र-तंत्र का शुद्ध उच्चारण सीखने की धुन-सी सवार होती गई। सुनन्दा के यहां जाने में वह नागा न करती। परिवर्तन जितना तेज़ था उतना ही अचिन्तनीय। आजकल दिन के खाने में मुझे देर हो जाती तो वह कहती, "अपने शरीर की ओर नहीं देखते तो कम से कम नौकर-चाकरों की सुविधा की ओर ही देख लिया करो।" बातें पुरानी हैं, पर ठीक वैसी ही नहीं हैं। वह सस्नेह-प्रश्रय का स्वर अब नहीं सुनाई पड़ता। मैं खा-पीकर चुपचाप अपने कमरे में पड़ा रहता हूं, वह मंत्र-तंत्र के लिए सुनन्दा के यहां चली जाती है। क्रमशः हम एक-दूसरे से दूर होते जा रहे हैं। मेरा दिन कैसे कटता है, यह देखने का मानो उसे अवकाश नहीं है। कभी-कभी व्यथा-भरी गहरी सांस निकल

जाती है। डर लगता है कि इस तरह अब अधिक दिनों तक न सहा जाएगा। मुझे बर्मा की याद आने लगी। सोचता—जिस फर्म में काम करता था उसके बड़े साहब को पत्र लिखूं। फिर अभया की याद आ गई। दोनों के नाम चिट्ठियां लिख डालीं, पर कल डाक में डालने का निश्चय कर उन्हें रख दिया।

इतने में कुशारी-गृहिणी आकर अपना रोना रोने लगीं, "मांजी वहां रोज़ जाती हैं। सुना है, देवर घर का बैंगन बेचने बाज़ार गए थे। यह सब उसी अभागिनी के कारण है। उन लोगों ने हमें ऐसा छोड़ दिया कि जैसे कभी कोई सम्बन्ध ही न था। मैं छिपे-छिपे एक आदमी के द्वारा चीज़ें भिजवाया करती थी, परन्तु जब सुनन्दा को मालूम हो गया कि चीज़ें मेरे घर की हैं तो सबकी सब लौटा दीं। पति-पुत्र को लेकर सूखकर मर जाएगी, पर हमारी चीज़ें न छुएगी। उनकी दुर्दशा सुन मेरी छाती टूक-टूक हो रही है। बहूजी तो रोज़ जाती हैं, क्या कोई उपाय नहीं हो सकता ?"

मैं कुछ बोल न सका और वे आंसू पोंछती बाहर चली गईं।

रात को बिस्तर पर पड़े-पड़े देर तक छटपटाते रहने के बाद ज़रा-सी झपकी लगी होगी कि राजलक्ष्मी दरवाज़ा खोलकर भीतर आई और मेरे पांयते बैठ रही। फिर बोली, "सो गए क्या ?" मैंने कहा, "नहीं तो।" राजलक्ष्मी ने कहा, "तुम्हें पाने के लिए मैंने जितना किया है उसका आधा भी यदि भगवान के लिए करती तो अब तक वे मिल गए होते; किन्तु मैं तुम्हें न पा सकी। प्रेम भी तो एक तरह का बंधन है, शायद वह भी तुमसे नहीं सहा जाता।"

यह अभियोग शाश्वत है। यह विवाद जिस दिन मिट जाएगा, संसार का सारा रस जाता रहेगा। मैं चुप रहा। वह बोली, "न्याय-रत्न महाशय एक व्रत के लिए कह रहे थे। तीन दिन एक प्रकार से उपवास ही करना पड़ेगा। सुनन्दा की भी करने की इच्छा है, पर तुम्हारी राय बिना कैसे होगा ?" मैंने तुरन्त कहा, "मेरी राय नहीं है, मैं मना करता हूं।"

"परन्तु हम लोगों ने तो सामग्री मंगाने के लिए आदमी भी भेज दिया है। अब मना ही करोगे तो मैं सुनन्दा के आगे मुंह कैसे दिखाऊंगी ? सिर्फ इस बार प्रसन्न मन से आज्ञा दे दो। आगे ऐसा

न होगा।" मैंने आज्ञा दे दी। वह धीरे-धीरे मेरे पांवों पर हाथ फेरने लगी। पर लगा, वह स्नेह-स्पर्श अब नहीं है। अभिमानवश आंखों से आंसू गिरने लगे, पर वह मुझे सो गया समझ चुपचाप चली गई।

सवेरे उठकर सुना कि बड़े तड़के नहा-धोकर राजलक्ष्मी रतन के साथ चली गई है और तीन दिन तक उसका आना न होगा। कौन-सा व्रत है, मुझे मालूम नहीं, पर कुछ भीड़-भाड़ लगती थी। रतन रोज़ शाम को आकर हाल-चाल पूछ जाता। एक दिन सुना कि मालकिन को आराम और सुविधा पहुंचाने के लिए बिना निमंत्रण के ही काशीनाथ कुशारी सपत्नीक उस व्रतोत्सव में आ उपस्थित हुए हैं। समझ गया कि दोनों भाइयों को निकट लाने के लिए राजलक्ष्मी का कौशल चल रहा है। रतन ने बताया, "बड़ी बहू बिनू को गोद में लेकर फूट-फूटकर रोने लगीं। छोटी बहू ने अपने हाथों से उनके पांव धोए, आसन बिछाकर अपने हाथ से उन्हें खिलाया। मांजी की आंखों से आंसू गिरने लगे। कुशारी महाशय भी खूब रोए। लगता है काम-काज के बाद छोटी बहू पुराने मकान में चली जाएगी। यह करामात है अपनी मांजी की।" सुनन्दा ऐसा करेगी, मुझे यह विश्वास तो न हुआ, किन्तु राजलक्ष्मी के विषय में जो बहुत-सा अभिमान मेरे मन में एकत्र हो गया था, वह दूर हो गया। फटे को जोड़ने में उस जैसा कौशल किसमें है? मैंने एकाग्र हृदय से आशीर्वाद दिया कि उसकी सदिच्छा पूरी हो। मेरे हृदय का भार दूर हो गया। सोचा, कल तीसरा दिन बीत जाएगा और उससे भेंट होगी, पर दूसरे दिन मालूम हुआ कि कहीं वक्रेश्वर नामक तीर्थ एवं तप्त कुण्ड है, वहां चली गई है। लौटने में पांच-सात दिन लग जाएंगे। रतन के मुंह से उसकी तीर्थयात्रा का समाचार पाकर लगा कि प्यारी पूर्णतः मर गई है और उसकी अपने जीवन से भाग निकलने की जो दिशाहीन व्याकुलता है, उसका क्या कोई अन्त नहीं। क्या वह पिंजर के पंछी की तरह दिन-रात सिर धुनकर मर जाएगी? और मैं ही उसका मुक्तिद्वार पिंजड़े की लौहशलाका की भांति घेरे रहूंगा? मुझे वह सम्पूर्ण हृदय से चाहती है, मेरा मोह उससे छुटाए नहीं छूटता। मैंने मन ही मन कहा, 'मैं उसे मुक्ति दूंगा अन्तःकरण के समस्त आशीर्वाद के साथ, सदा के लिए मुक्ति दूंगा और सम्भव हुआ तो उसके लौटने के पूर्व

ही यहां से चला जाऊंगा।"

कल रात नींद नहीं आई थी। इसीलिए खा-पीकर सो गया। चार बजे नींद खुली। मुंह-हाथ धोकर चाय पी और घूमने निकल पड़ा।

४

थोड़ी दूर चलने पर पेड़ों की झुरमुट में मुझे एक पक्का मकान दिखाई दिया। वहां पहुंचा तो देखा, एक टूटा-फूटा मकान है। उसमें से निकलकर एक कंकाल जैसे आदमी ने बताया कि 'यह अस्पताल है। मैं भी परदेशी हूं; बीमार पड़ गया हूं। पन्द्रह दिन से हूं, पर भूख से मरा जा रहा हूं। कभी फाटक के पास बैठ जाता हूं और भीख में कुछ पैसा मिल जाता है तो चना-चबेना खा लेता हूं।" उस आदमी को कुछ पैसे दिए तब उसने बताया कि पास ही चक्रवर्तियों का एक घर है। वह मुझे वहां तक पहुंचा आया। चक्रवर्तीजी ने मेरा स्वागत किया, पर अन्दर गए तो गृहिणी क्रोध में फुंकारने लगी। उनकी बातचीत मैंने सुनी जिससे मालूम हुआ कि घर में कुछ है नहीं, इससे गृहिणी और बिगड़ रही हैं। पर पति कह रहे हैं कि अतिथि नारायण हैं, विमुख होकर चले जाएंगे तो मैं गले में फांसी लगाकर मर जाऊंगा। इस प्रकार की स्थिति में मैंने चक्रवर्तीजी को आवाज़ दी कि मुझे जाने दें या फिर पहले मुझे ही फांसी लगाने को एक रस्सी दे दें। मेरी आवाज़ सुनते ही गृहिणी का रुख बदल गया और धम्म से उन्होंने पीतल का एक घड़ा पतिदेव के सामने रख दिया और बोलीं, "जाओ, श्रीमन्त की दुकान पर इसे रखकर दाल, चावल, घी, नमक लाओ।" चक्रवर्ती चले गए। मैं हक्का-बक्का-सा बैठ रहा। वे सामान ले आए। एक हांडी भी। मुझे खिचड़ी चढाने को कहा गया, क्योंकि अपने हाथ से भात रांधकर खिलाना और मेरी जात लेना गृहिणी को मंज़ूर न था। कच्चा-पक्का जो बनाया खाते ही उल्टी होकर निकल गया। आंखें धुंधली पड़ गईं। मैंने कहा, 'ज़रा संभलते ही मैं साफ कर दूंगा।"

मैंने समझा था, गृहिणी क्रुद्ध होंगी, पर मेरी दशा देख वे एकदम पिघल गईं। सामने निकलकर कहा, "तुम क्यों करोगे बेटा? मैं ही

साफ किए देती हूं। चलो, तब तक मेरी कोठरी में चलकर लेट रहो।" बोलने की भी शक्ति मुझमें नहीं थी, मैं चुपचाप जाकर लेटे रहा। दूसरे दिन जब देर से नींद खुली तो सिर उठाने की भी ताकत न थी और ज़ोर का ज्वर चढ़ा हुआ था। मैं चुपचाप पड़ा रहा। शायद गहरे दुःख में ही नारियों का सच्चा और गहरा परिचय मिलता है। चक्रवर्ती गृहिणी ने सिर पर हाथ फेरकर कहा, "बुखार तो अब भी बहुत है।" मैंने कहा, "कोई सहारा दे दे तो मैं अस्पताल में चला जाऊंगा।" बोलीं "दुःख की जलन से कल कई बातें मुंह से निकल गई हैं। इसीसे बेटा, गुस्सा होकर वहां जाना चाहते हो? पर मैं तुम्हें उस यमपुरी में कब जाने दूंगी? बेटा! मैं साबू-बार्ली बनाकर दूं तो तुम न खाओगे?" मैंने बताया दिया कि बीमारी क्या, नीरोग अवस्था में भी मुझे कोई परहेज़ नहीं।

वहां चार दिन रहा, पर उन चार दिनों की स्मृति कभी भूलने की नहीं। उन दोनों के हृदय में न जाने कितना प्रेम भरा पड़ा था! मातृत्व के सीमाहीन स्नेह से चक्रवर्ती-गृहिणी ने मुझे ढक दिया। चौथे दिन जब बैलगाड़ी पर विदा हुआ तब उनकी आंखों में आंसू भरे हुए थे।

तीसरे पहर गंगामाटी पहुंचा। द्वार के दोनों ओर केले के खंभे लगे थे, मंगलघट स्थापित थे, आम्रपल्लवों के बंदनवार लटक रहे थे। बाहर बहुत-से लोग एकत्र थे। राजलक्ष्मी ने आकर पैरों के आगे माथा टेककर प्रणाम किया और बोली, "पता है, घर-भर को तुमने कैसी कड़ी सज़ा दी है!" उस कमरे में गरम पानी, अंगोछा, धोती, सब रख आई हूं। शरीर सिर्फ पोंछ लो। सिर पर पानी न डालना। इतनी अबेर में न नहाओ, तुम्हें मेरे सिर की कसम है।" इसके बाद शरीर पोंछकर वह मुझे भोजन कराने बैठी। देखा, सब पथ्य है और मेरे सामने आने के बाद झटपट उसने तैयार कर दिया है। आज उसके खिलाने में ज़ोर-ज़बर्दस्ती नहीं, केवल व्याकुल अनुनय था। भोजन कराने के बाद वह चली गई। सुना, कल से ही उपवास कर रही है, आज भी जल स्पर्श नहीं किया है और कल कब उपवास टूटेगा, यह निश्चय नहीं।

काम-काज खत्म करके दस बजे रात चुपचाप वह कमरे में आ

गई। मैंने पूछा, "इतनी रात कैसे हो गई ?" उसने कहा, "अरे! तुम जग रहे हो ?"

"तुम्हारी आशा से ही जग रहा हूं।"

"तो मुझे बुला क्यों न लिया ? हज़ार काम रहने पर भी तुम्हारे बुलाने पर 'ना' कह सकूं, यह मेरे वश की बात नहीं है। अच्छा, मुझपर गुस्सा होकर घर से चले गए थे ? तुम्हें इस बीच ज्वर आ गया, खबर क्यों न भेजी ?"

जिस परिस्थिति में था, वह सब बता दिया। चक्रवर्ती-गृहिणी के स्नेह एवं ममत्व का वर्णन करते हुए मेरी आंखों से आंसू झरने लगे। राजलक्ष्मी ने कहा, "उन्हें ऋणमुक्त करने के लिए कुछ रुपये क्यों नहीं भेज देते ?"

"रुपये मेरे पास कहां हैं ?" मेरी ऐसी बातों से उसे सदा ही चोट लगती थी। आज भी दीर्घ निःश्वास छोड़कर बैठ गई। फिर बोली, "बर्मा से तुम्हारी चिट्ठी का जवाब आ गया है। बड़े साहब ने नौकरी देने की तुम्हारी दरख्वास्त मंज़ूर कर ली है।" मैं चुप रहा, अकस्मात् मेरे सिर पर आंसू की एक बूंद टप से चू पड़ी। बोली, "यह बात तुमने बताई क्यों नहीं कि तुम नौकरी के लिए विदेश जाने की कोशिश कर रहे हो ? तुम जाओ, मैं नहीं रोकूंगी। यहां आकर ही मुझे मालूम हुआ कि तुम्हें कितनी दुर्गति में घसीट लाई हूं। यहां का उद्देश्यहीन जीवन तुम्हारे लिए आत्महत्या के समान है। तीर्थयात्रा की थी, किन्तु भगवान को नहीं देख पाई, उनकी जगह तुम्हारा उदास चेहरा दिन-रात दिखाई देता था। मेरे लिए तुम्हें बहुत त्याग करना पड़ा है, पर अब और नहीं।"

"तुम्हें क्या कम त्याग करना पड़ा है लक्ष्मी ? गंगामाटी तुम्हारे योग्य भी तो नहीं है!"

"नहीं, मैं ही गंगामाटी के योग्य नहीं हूं। मुझे कुछ त्याग नहीं करना पड़ा। आजीवन तुम्हींको चाहा था, इसलिए तुम्हें पाकर मुझे त्याग से असंख्य गुना बदला मिल गया है, इसे क्या तुम नहीं जानते ? सोचा था, तुम्हारे ही लिए तुम्हें कभी यह बात न बताऊंगी, किन्तु आज रोक न सकी। पर तुमने कैसे सोचा कि पुण्य के लोभ से मुझे ऐसा उन्माद हो गया है कि मैं तुम्हारी उपेक्षा

करने लगी हूं। तुम्हें यह न सूझा कि काल और परकाल में लक्ष्मी के लिए तुम्हारी अपेक्षा लाभ की चीज़ दूसरी नहीं है।" और उसकी आंखों से झर-झर आंसू गिरने लगे। मैं कुछ बोल न सका।

५

छः-सात दिन किसी तरह कट गए। राजलक्ष्मी प्रायः सारे दिन घर के बाहर रहती है। कहां जाती है, क्या करती है न जानता हूं न उससे पूछता हूं। एक दिन जिनके युग्म-हृदय बाहर का परिहास करके एकान्त सम्मिलन की आकांक्षा से व्याकुल रहते थे, आज विछिन्न होने के दिन उसी बाहर की उन्हें कितनी आवश्यकता है!

चंद दिनों बाद ही एक दिन देखता हूं कि वह प्रातःकाल पूजा-पाठ करके बाहर न जाकर मेरे पास आकर बैठ गई। बोली, "परसों इसी समय खा-पीकर निकलने पर सिंथिया में पछांह की गाड़ी मिल सकेगी?" मैंने कहा, "हां।" राजलक्ष्मी बोली, "यहां की सब व्यवस्था मैं पूरी कर चुकी हूं। कुशारी महाशय पूर्ववत् काम देखते रहेंगे। बंकू को लिख दिया है कि वह गाड़ी रिज़र्व करके स्टेशन पर उपस्थित रहे। अच्छा, तुम क्या हमारे साथ नहीं चल सकोगे।"

"यदि मेरे चलने की ज़रूरत हो तो चल सकता हूं।"

निश्चित दिन, प्रस्थान के समय सभी आए। सुनन्दा भी आई। अब दोनों भाई एकत्र रहने लगे थे और जुलाहे से समझौता हो गया था। सुनन्दा ने कहा, "मेरे बच्चे को आशीर्वाद दें।" मैंने कहा, "मैं नहीं जानता कि तुम्हारी जैसी मां के शिशु को क्या आशीर्वाद दिया जाए?" राजलक्ष्मी उधर से जा रही थी, सुनकर खड़ी हो गई और सुनन्दा की ओर से बोली, "यही आशीर्वाद दो कि वह बड़ा होकर तुम्हारे जैसा ही हृदय पाए। मैं भी उसकी मां के समान हूं। मैं भी प्रार्थना करती हूं, भगवान इसे यही दें। इससे बड़ा और वर तो मैं जानती नहीं।" मैंने देखा, उसकी आंखों में आंसू भर आए हैं।

सबसे मिलकर, आंखों में आंसू भरे हुए हम गंगामाटी से विदा हुए। सिंथिया में बंकू सब व्यवस्था करके उपस्थित था। राजलक्ष्मी की गाड़ी छूटने में पांच मिनट की देर है। मेरी कलकत्ता की गाड़ी रात के पिछले पहर आएगी। खिड़की के पास खड़ा था कि राजलक्ष्मी

ने कहा, "ज़रा अन्दर आओ।" अन्दर जाने पर बोली, "बर्मा जाने के पहले एक बार आओगे।" एक बार तुम्हें और देखना चाहती हूं।" मैंने कहा, "आऊंगा।" फिर पूछा, "कलकत्ता पहुंचकर चिट्ठी दोगे ?" मैंने कहा, "हां, दूंगा।" गाड़ी की घंटी बज उठी। राजलक्ष्मी ने मेरी चरण-धूलि ली; मेरा हाथ छोड़ दिया। मैं उतर आया। गाड़ी रवाना हो गई।

कलकत्ता आकर चिट्ठी भेजी; उत्तर भी आया। वहां कोई ज़्यादा काम तो था नहीं, पंद्रह दिन में सब निबट गया। तब विदेश जाने के पूर्व राजलक्ष्मी से मिलने का जो वादा किया था, उसकी याद आई। एकाएक घड़ी देखी, गाड़ी में देर नहीं। बिना कुछ सामान लिए काशी के लिए, जहां वह इस समय थी, रवाना हो गया। जब वहां पहुंचा, बड़ी देर हो गई थी। बैठक के सामने एक वृद्ध ब्राह्मण हुक्का पी रहे थे। उनसे कहकर नौकर द्वारा बंकू बाबू को बुलवाया। मुझे देख वह विस्मित हुआ। मैंने कह दिया, "संभव हुआ तो रात की गाड़ी से ही लौट जाऊंगा।" नौकर धोती, तौलिया हाथ-मुंह धोने को पानी आदि दे गया। भोजन के समय बंकू के साथ ही मेरी थाली लगाई गई। राजलक्ष्मी ने आकर मुझे प्रणाम किया। मैं तो उसे पहचान ही न सका। मेरी आंखों में अंधकार छा गया। उसने सारे आभूषण उतार दिए थे, शरीर पर एक मामूली किनारे की धोती थी। पीठ पर लहरानेवाले बाल समाप्त हो गए थे। उपवास एवं कठोर आत्मनिग्रह की ऐसी सूखी दुर्बलता उसके शरीर से टपक रही थी कि एक ही महीने के अन्दर वह दस साल बूढ़ी लगने लग गई थी। उसने गुरुदेव से मिलाया। वे उदार व्यक्ति थे; राजलक्ष्मी ने उनसे कोई बात छिपाई नहीं थी। उन्होंने प्रेमपूर्वक बातें कीं और अपनी शिष्या की भक्ति एवं निष्ठा की बारम्बार बड़ाई की।

जाने का समय हो गया। गाड़ी आकर खड़ी हो गई। राजलक्ष्मी ने सड़क पर आकर बार-बार मेरे चरणों की धूलि अपने माथे पर लगाई, पर मुंह से कुछ भी न कहा। मेरे मुंह से एक शब्द न निकाला। इस प्रकार अन्तिम विदाई निःशब्द हुई। वह मेरा मुंह न देख सकी; यह अच्छा ही हुआ। गाड़ी चल पड़ी। मेरी आंखों से आंसू गिरने लगे। मैंने सर्वान्तःकरण से कहा, तुम सुखी होओ, तुम्हारा लक्ष्य

अटल हो, मैं तुम्हारी ईर्ष्या न करूंगा, किन्तु जिस अभागे ने सर्वस्व त्यागकर अपनी नौका बहा दी थी, उसे अब किनारा न मिलेगा।

अभया की चिट्ठी मिली है। बहिन से भी अधिक प्रेममयी अभया ने मुझे निमंत्रित किया है। लगा, जैसे वह मेरे सारे दुःखों को एक क्षण में ढक लेगी। स्टेशन आ गया। गाड़ी रुक गई। कोच बाक्स से उतरकर एक व्यक्ति ने मेरे चरणों में प्रणाम किया। देखा, रतन है। बोला, "विदेश में नौकर की जरूरत हो तो मुझे समाचार दीजिएगा। जब तक जीवित रहूंगा, आपकी सेवा में त्रुटि न करूंगा।" मैंने पूछा, "तू रोता क्यों है?"

रतन ने कुछ उत्तर न दिया। जल्दी-जल्दी जाकर अन्धकार में अदृश्य हो गया।

चतुर्थ पर्व

अब तक मेरा जीवन एक उपग्रह की भांति बीता है। जिसको केन्द्र बनाकर घूमता रहा हूं उसके निकट तक न तो पहुंचने का अधिकार प्राप्त हुआ, न उससे छूटकर दूर जाने की अनुमति ही मिली। अधीन नहीं हूं, पर स्वाधीन भी अपने को नहीं कह सकता। ट्रेन में बैठा यही सोच रहा था। मन में बार-बार आता था कि क्या मृत्यु तक मैं किसीको अपना न बना सकूंगा? यही समझकर लौटा हूं कि मेरे जीवन की राजलक्ष्मी मर चुकी है, उस प्रतिमा को नदी किनारे खड़े विसर्जित होने देख आया हूं। आशा करने या अपने को धोखा देने का कोई भी सूत्र छोड़कर नहीं आया। उस ओर सब शेष हो गया है, पर यह शेष कैसा शेष है, यह किससे कहूं और क्यों कहूं? अभी कितने दिन हुए जब राजा साहब के पास शिकार खेलने गया, प्यारी का गाना सुनने बैठा। जो वहां मिला वह अत्यन्त आकस्मिक एवं अपरिसीम था। न अपने गुण से उसे पाया, न अपनी गलती से उसे खोया, फिर भी आज स्वीकार करना पड़ रहा है कि मैंने उसे खो दिया। जा रहा हूं कलकत्ता, पर वासना एक दिन वर्मा पहुंचाएगी, पर वह जुआरी का हारकर घर लौटने जैसा है। घर का चित्र

अस्पष्ट है, केवल पथ ही सत्य है। लगता है मानो इस पथ पर चलने का अन्त नहीं।

"अरे, यह तो श्रीकांत है!" अपनी धुन में डूबा हुआ मुझे ख्याल ही न था कि गाड़ी स्टेशन पर खड़ी है। देखता हूं कि हमारे गांव के बाबा, रांगा दीदी तथा सत्रह-अठारह साल की एक लड़की भीड़ में गाड़ी पर चढ़ने के लिए इधर-उधर भटकते हुए मुझे देखकर चकित हो उठे हैं। त्रस्त देख मैंने अपने डब्बे में उन्हें बुला लिया। बाबा ने बताया, "गयाधाम से लौट रहे हैं। यह लड़की बड़ी साली की नतिनी है। बाप हज़ार रुपये गिन देने को तैयार है, पर इसके योग्य पात्र अभी तक नहीं खोज सका। पुंटू! पेड़े की हांड़ी खोल पत्ते पर दो-चार पेड़े और साथ का दही इन्हें दे तो!" पुंटू के दिए पेड़े और दही खाकर तथा बाबा एवं दीदी की चापलूसी सुनकर मुझे सन्देह होने लगा कि कहीं वह उपयुक्त पात्र मैं ही तो नहीं हूं। लड़की अच्छी है, रंग गोरा तो नहीं, पर देखने में सुन्दर है। दीदी उसके गुणों का बखान करते थकती नहीं हैं। अन्त में मुझे भी उनके साथ गांव के स्टेशन पर उतरना ही पड़ा। पांच-सात दिन वहां रहा। इस अवधि में अपनी खातिरदारी देख मैं समझ गया कि जाल पूरी तरह तैयार हो गया है। माता-पिता भी आ गए। मुझसे जब जन्मपत्री की बात पूछी गई तब मैंने कह दिया—अभी तो मैंने विवाह का कुछ स्थिर नहीं किया। तब मां ने उसे सरापना शुरू किया, "अभागिन! हम सबको खाने के बाद जाएगी।" मुझे क्लेश होने लगा। सोचता—इतना दुर्भाग्य लेकर ये लड़कियां हमारे घरों में पैदा क्यों होती हैं? मैं बाबा से यह कहकर कि 'एक व्यक्ति की राय लेना मेरे लिए ज़रूरी है और आशा है वहां से राय मिल भी जाएगी।' तथा उन्हें कलकत्ता का पता लिखाकर वहां से कलकत्ता जाने के उद्देश्य से स्टेशन पहुंच गया।

स्टेशन पर पहुंचते-पहुंचते ट्रेन छूट गई। दूसरी दो घंटे बाद जाती थी। प्लेटफार्म पर टहल रहा था कि एक व्यक्ति ने कहा, "श्रीकांत हैं क्या?" मेरे हां कहने पर बोला, "मुझे पहचाना नहीं, मैं गौहर हूं।" फिर गले लिपट गया, और कहा, "घर चलो।" गौहर मेरा पाठशाला का मुसलमान मित्र है। उसीसे मैंने बन्दूक चलाना,

शिकार खेलना सीखा था। हमेशा से आधा पागल था। कविता करता था। उससे मालूम हुआ कि मां-बाप मर चुके। शादी की थी, पर पत्नी भी मर गई। शिकार करना छोड़ दिया है, अब किसीकी जान लेने में व्यथा होती है। मैंने उसे याद दिलाई की कृत्तिवास से भी सुन्दर रामायण लिखने की तुम्हारी आकांक्षा थी। वह संकल्प अब है या नहीं। बोला, "वह संकल्प कभी जा सकता है श्रीकान्त! उसीके बल पर तो अब तक जीवित हूं। जो लिखा है उसे आज सारी रात तुम्हें सुनाऊंगा।" अन्त में वह घर ले ही गया। बाप बड़ी जायदाद छोड़ गए थे; पर सुना, गौहर ने बहुत कुछ गरीब दुखियों को लुटा दी है। उसकी सहृदयता पर मैं मुग्ध हो गया। इतने सालों पर भेंट हुई, पर गौहर बचपन का वही गौहर है—वैसा ही बचपना, मित्र से मिलने में वही उल्लास। संध्या के बाद उसके घर पहुंचा। केवल नवीन नौकर था। थोड़ा चिउड़ा, दही-वगैरह खाकर और थके होने के कारण सोने की छूट लेकर मैं सो गया।

दूसरे दिन सुबह हाथ-मुंह धोने के बाद वह मुझे जंगल की ओर ले गया। चलते समय नवीन ने सावधान किया कि दो-एक गीदड़ पागल हो गए हैं, उनसे बचकर जाइएगा। मैं डरकर रुक गया, पर गौहर मुझे पकड़ ही ले गया। रास्ते में दोनों ओर आम के बगीचे हैं। छोटे-छोटे कीड़े आम्र-मुकुलों को छोड़ हमारा आलिंगन करने लगे। सूखे पत्तों पर गिरा आम्रमधु जूते में चिपटने लगा। नदी तक गए; वह शीर्ण हो गई है, सेवार की अधिकता से दुर्गन्ध आने लगी है। नदी के उस पार सेमल के फूलों पर शत-शत लाल पुष्प खिले हैं। उन सबको देखता जब घर लौटा तो गौहर ने अपना पोथा उपस्थित किर दिया, "बिना पढ़े छुट्टी न मिलेगी श्रीकान्त! पढ़कर सच्ची राय देनी होगी।" एक के बाद एक मेरे सात दिन काव्यालोचन में ही कट गए। काव्य की बात छोड़ दें, किन्तु सघन साहचर्य में इस मनुष्य का जो परिचय मिला वह सुन्दर और विस्मयकारी दोनों था। एक दिन उसने एकाएक सुनाते-सुनाते किताब बन्द कर दी और पूछा, "श्रीकान्त, तुमने कभी किसीको प्यार किया है?"

उससे पूर्वरात्रि को राजलक्ष्मी को अन्तिम चिट्ठी लिखी थी। उसमें पुंटू की बात लिखकर उससे अनुमति भी मांगी थी। अभी तक

चिट्ठी छोड़ी न थी, जेब में ही पड़ी थी। मैंने कहा, "नहीं।" गौहर ने कहा, "यदि प्यार करो तो मुझे भी बताना। तुम दोनों के बीच आकर कुछ दिन बिता दूंगा। और कभी रुपयों की ज़रूरत पड़े तो लिखना, बाबूजी बहुत छोड़ गए हैं। मेरे काम तो आया नहीं, शायद तुम लोगों के काम आ जाए।" सुनकर आंखों में आंसू आ गए। जिस दिन उससे विदा हुआ, औरतों की तरह वह फूटकर रो पड़ा और बोला, "तुम्हें मेरे सिर की कसम, बर्मा जाने के पहले एक दिन आना। और कलकत्ता पहुंचकर कुशल-संवाद देना।" दोनों वचन देकर मैं विदा हुआ। कलकत्ता डेरे पर पहुंचते ही देखा, रतन है। बोला, "मां की चिट्ठी है, कल से बैठा हूं।" मैंने कहा, "ऊपर आ। चिट्ठी पीछे पढ़ूंगा, पहले तेरे भोजन की व्यवस्था कर दूं।"

२

खिला-पिलाकर रतन से वहां के हालचाल पूछने लगा। वह बोला, "सब ठीक ही लगता है। पर रतन को भुलावा नहीं दिया जा सकता, इसीलिए उस दिन स्टेशन पर आपके पांव पकड़कर कहा था—'परदेश में नौकर की आवश्यकता होने पर ज़रूर खबर देना।' जानता हूं, आपकी सेवा करने पर भी उसी मां की सेवा होगी। बंकू बाबू की उम्र हो गई है। शायद अब सोचते हैं, दूसरे के अधीन क्यों रहा जाए? उन्हें काफी मिला है पर वह कितने दिनों का है बाबू? आप तो देख चुके हैं, महीने में दो-तीन बार मेरी नौकरी छूटती है। जा भी सकता हूं पर जाया नहीं जाता। जानता हूं, जिसकी दया से सब कुछ हुआ है उसके एक निःश्वास से सब लुप्त हो जाएगा। मां ने मना कर दिया है, इसलिए नहीं कहता। घर में जो कुछ था, बाबा ने हथिया लिया, तब पुत्र-पुत्री एवं पत्नी को गांव में छोड़कर नौकरी की खोज में निकल पड़ा। पूर्व-जन्म की तपस्या थी कि मां की सेवा मिल गई। उनसे सब कह दिया। एक साल बाद बच्चों को देखने के लिए छुट्टी मांगी तो लौटने का वादा कराने के बाद मां ने पांच सौ रुपयों की पोटली हाथ पर रखकर कहा—बाबा से झगड़ा न करना। जो कुछ तुम्हारा चला गया है उसे इसके द्वारा फेर लेना। मेरी उसी मां से बंकू बाबू अब उल्टी-सीधी बातें कहते

हैं, आड़ में खड़े फुसफुसाते हैं तब सोचता हूं कि अब इनके ज़्यादा दिन नहीं हैं क्योंकि अब मां लक्ष्मी जाने ही वाली हैं। बंकू को मां ने खूब दिया है। वह सोचता है कि मधुरिक्त छत्ते की अब क्या कीमत, उसे तो केवल जलाया ही जा सकता है। पर मूर्ख यह नहीं जानता कि आज भी मां का एक गहना बेचने पर ऐसे पांच मकान तैयार हो सकते हैं। मां ऐसी मूर्ख नहीं। केवल आप ही के चरणों पर सर्वस्व लुटाकर भिखारिन हो सकती हैं, और किसीके लिए नहीं। बंकू नहीं जानता कि आपके जीवित रहते मां को आश्रय की कमी नहीं होगी। उस दिन काशी से आपके यों चले आने के कारण मां के हृदय में जो बाण चुभा है, उसकी खबर क्या बंकू बाबू रखते हैं?"

मैंने कहा, "पर मुझे तो उन्होंने स्वयं ही विदा किया था रतन!"

रतन ने विनय से झुककर कहा, "हम तो नौकर हैं, क्या कहें? पर यह झूठ है।"

रतन जब सोने चला गया तब चिट्ठी खोली; लिखा था—

"प्रणाम के पश्चात् सेविका का निवेदन!

"पूरे सौ बार तुम्हारी चिट्ठी पढ़ी तो भी समझ न सकी कि तुम पागल हो गए हो या मैं? तुमने कदाचित् सोचा है कि मैंने तुम्हें पड़ा हुआ पा लिया था, परन्तु तुम कहीं पड़े हुए नहीं मिले, बड़ी तपस्या और आराधना के बाद मिले हो। इसीलिए विदा देने के मालिक तुम नहीं; मुझे त्याग करने का अधिकार तुम्हारे पास नहीं है। फूलों के बदले वन के करौंदे तोड़, उनकी माला गूंथ शैशव में तुम्हें वरण किया था। कांटे चुभने से उंगलियों से निकलते रक्त की रेखा से मैं तुम्हारे हृदय पर जो लेखा अंकित कर देती थी, वह तुम्हें दिखाई नहीं पड़ा, पर जिनकी दृष्टि से संसार का कुछ भी छिपा नहीं रहता उनके पादपद्मों में मेरा वह निवेदन पहुंच गया था।

"उसके बाद दुर्योग आया, काले मेघों में मेरे आकाश की चांदनी ढक गई, किन्तु वास्तव में मैं ही वह थी या और कोई, यह सोचने पर लगता है, मैं पागल हो जाऊंगी। तब सब भूल, जिनका ध्यान

लगाकर बैठती हूं उनका नाम नहीं लिया जाता। उनकी क्षमा ही जगदीश्वर की क्षमा है। इसमें सन्देह नहीं, यहां मैं निर्भय हूं। मैंने कहा है कि बुरे दिनों दोनों आंखों का सारा प्राकश कलंक ने बुझा दिया, पर क्या वही मनुष्य का समस्त परिचय है ? क्या घने आवरण के बाहर और कुछ नहीं है ? है, अपराध के बीच भी मैंने बार-बार उसे देखा है। ऐसा न होता तो तुम मुझे कैसे मिलते ? मेरे हाथों में तुम्हें कौन सौंप जाता ? मुझसे तुम चार-पांच वर्ष बड़े हो तो भी तुम्हें जो अच्छा लगता है वह मुझे नहीं शोभा देता। जीवन के सत्ताईस वर्ष पार कर चुकने के बाद यौवन का दावा अब नहीं करती। पर मुझे गलत न समझना, यदि क्षण-भर के लिए भी तुम्हारे मन में वैसा आया तो इससे अधिक शर्म की बात मेरे लिए कोई न होगी। बंकू बड़ा हो गया है, उसकी बहू आ गई है। तुम्हारी शादी के बाद मैं उन लोगों के सामने किस मुंह से निकलूंगी ? यह अपमान कैसे सहूंगी ? यदि तुम कभी बीमार पड़े तो तुम्हारे मकान के बाहर से ही खबर पूछ लौट जाऊंगी ? इसके बाद भी मुझे जीवित रहने के लिए कहते हो ?

"कदाचित् सवाल कर बैठोगे, तो क्या सदा ऐसी ही निःसंग रहकर जीवन काट दूं ? पर इसका उत्तर देने की ज़िम्मेदारी मुझपर नहीं, तुमपर है। तुम सोचते हो, गुरुदेव ने मुझे मुक्ति का मन्त्र दिया है, शास्त्रों ने पथ का संकेत किया है, सुनन्दा ने धर्म की प्रवृत्ति दी है और तुमने दिया है केवल भार ? ऐसे ही अंधे हो तुम लोग ! पूछती हूं, तुम्हें तो मैंने तेईस साल की उम्र में पा लिया था पर इसके पूर्व ये सब कहां थे ? तुम इतना नहीं सोच सकते ? मुझे आशा थी कि एक दिन मेरे सम्पूर्ण पापों का अन्त हो जाएगा, मैं निष्पाप हो जाऊंगी। यह लोभ स्वर्ग के लिए नहीं है, वह मुझे नहीं चाहिए। मेरी कामना है, मरने के बाद फिर जन्म ग्रहण करूं। इसका अर्थ समझते हो ? सोचा था पानी की धारा में मल मिल गया है, उसे निर्मल करना ही पड़ेगा, परन्तु यदि उसका मूल स्रोत ही सूख जाए तो मेरा सारा जप-तप-पूजा, अर्चना पड़ी रह जाएगी, पड़ी रह जाएगी सुनन्दा और रह जाएंगे मेरे गुरुदेव !

"स्वेच्छा से मरना नहीं चाहती। मेरे अपमान का कौशल रचा

हो तो उसे छोड़ दो। यदि तुम विष दोगे तो पी लूंगी, किन्तु उसे न ले सकूंगी। मुझे जानते हो, इसलिए यह बता दिया कि जो सूर्य अस्त होगा उसके पुनः उदय होने की प्रतीक्षा में बैठे रहने का समय अब मेरे पास नहीं है। इति।

—राजलक्ष्मी।"

कठोर अनुशासन की यह चरम लिपि भेजकर उसने मुझे निश्चिन्त कर दिया। अभी तक पकड़ा ही गया हूं। पकड़ नहीं पाया हूं। पर आज जान लिया कि राजलक्ष्मी की सबसे बड़ी दुर्बलता कहां है। वह जानती है कि मैं निरोगी नहीं हूं और किसी भी दिन बीमार पड़ सकता हूं। तब पुंटू मुझे घेरकर बैठी हो और राजलक्ष्मी का वहां कोई अस्तित्व न हो, इसे वह नहीं सह सकती। मौत तुच्छ है उसके लिए, पर यह असंभव है। पत्र में उसने झूठा डर नहीं दिखाया है।

बाबा स्वयं पुंटू को लेकर आए। मैंने उनसे कह दिया—मैं शादी न करूंगा। उसके शौच आदि के लिए चले जाने पर पुंटू ने हिम्मत करके बताया, "बाबा जो कहते हैं, झूठ है। पिता एक हज़ार क्या, कुछ नहीं दे सकते। इसीलिए कालिदास बाबू के लड़के शशिधर से शादी लगी हुई न हो सकी। वे लोग हज़ार नकद, हज़ार के गहने मांगते थे, पांच सौ रुपये ऊपर के खर्च के लिए चाहिए।" मैंने घुमा-फिराकर पुंटू से निकाल लिया कि शशिधर उसे पसन्द करता है और वह भी उसे पसन्द करती है। तब मैंने उसे आश्वासन दे दिया कि जाओ, ढाई हज़ार तुम्हारे पास पहुंच जाएंगे। विवाह में आने का वचन लेकर वह बाबा के साथ चली गई।

मैंने तीन-चार दिन बाद रतन के हाथ चिट्ठी का उत्तर भेज दिया। लिख दिया—तथास्तु; जो त्रुटि हुई है उसे अपने गुणों से क्षमा कर दोगी।

बाबा आए। पुंटू की चिट्ठी लाए। उसने लिखा है—"वे लोग बिना रुपया लिए कोई काम करने को तैयार नहीं हैं। गहने भी अपने सुनार से बनवाएंगे। किसीका भी विश्वास नहीं है।" मैं सोच रहा था—इस लड़की के कारण मैं अच्छा उल्लू बना। इसलिए क्रोध से भरा हुआ रुपये लेकर गांव पहुंचा। कालिदास बाबू ने

बातचीत में कहा, "मैं अपने पौरुष पर विश्वास करता हूं, किसीके अनुग्रह या देवी-देवताओं या भाग्य की कृपा पर नहीं।" मैंने जल-भुनकर कहा, "पर लड़की एक तीसरे के अनुग्रह से आपकी बहू बन रही है। जिस आदमी के पास चालीस कौड़ी देने को नहीं हैं, उससे आप ढाई हज़ार मांगते हैं, तब नहीं सोचते कि बेचारा कहां से, बिना भीख मांगे लाएगा? वही भीख मैं दे रहा हूं, अब आगे आप रुपयों का घमंड न कीजिएगा।" लोग डर गए; कालिदास बाबू का मुंह उतर गया। उन्होंने कहा, "मैं रुपये न लूंगा और वचन दे चुका हूं इसलिए विवाह भी करूंगा।" मेरा परिचय पाकर वे खुश हो गए और मुझे आग्रहपूर्वक विवाह में आने का निमन्त्रण दिया। मेरे जीवन में यह एक आश्चर्यजनक घटना हुई।

३

मैं गौहर की खोज में उसके घर गया तो नवीन से मालूम हुआ कि वे तो द्वारकादास वैरागी के अखाड़े पर गए हैं। प्रायः वहीं रहते हैं। पिछली बार जब आप आए थे तभी चार-पांच दिन नहीं गए, आपके जाते ही वहां जा धमके। द्वारकादास वैष्णव हैं। पुराने ज़माने में चैतन्य महाप्रभु के किसी शिष्य ने अखाड़े की स्थापना की थी। उससे यह भी मालूम हुआ कि द्वारकादास की सेवा में बीसेक दासियां रहती हैं। वह गाना और दोहे बनाना जानता है। गौहर उससे अपनी कृतियों का संशोधन कराता है। कमललता नाम की एक युवती वैष्णवी उस आश्रम में रहती है। बहुत अच्छा गाती है; देखने में भी रूपवती है। गौहर उन लोगों को रुपये-पैसे भी दिया करता है। अखाड़े की दीवार गिर गई थी, गौहर ने अपने व्यय से उसकी मरम्मत करा दी है। फिर उसने पता बता दिया—सामने के रास्ते सीधे उतर जाने पर आधा कोस पर ही आश्रम मिल जाएगा। सामने ही तालाब पर वृन्दावन लीला हो रही होगी। मैंने कहा, "जाता हूं, गौहर को पकड़ लाता हूं।" नवीन बोला, "पर देखिए, कमललता का कीर्तन सुनकर कहीं खुद न अटक जाएं।"

तीसरे पहर रवाना हुआ, पर पहुंचते-पहुंचते शाम हो गई। खंजड़ी-करताल की ध्वनि सुनाई न पड़ी न कोई व्यक्ति दिखाई

दिया। नदी के किनारे पहुंचा, तो देखा, ऊंची ज़मीन पर दो आदमी बैठे हैं—एक गौहर है, दूसरे शायद वही द्वारकादास हैं जो देखने में भद्र एवं उच्च जाति के मालूम होते हैं। श्यामवर्ण, दुबले-पतले, सिर के बाल जटारूप में सामने बंधे, मुंह पर स्वाभाविक हंसी, उम्र पैंतीस-छत्तीस। वे दोनों नदी के उस पार मेघ-खण्डों के बीच चमकते तृतीया के चन्द्र की ओर दृष्टि लगाए हुए हैं। मेरे पुकारने पर वह हतबुद्धि की तरह देखता रह गया; फिर बाबा के यह कहने पर कि 'ये हैं तुम्हारे श्रीकान्त' एकाएक दौड़कर मुझे बांहों में भर लिया। मैंने आश्चर्याभिभूत हो पूछा, "गुसाईंजी, आपने मुझे कैसे पहचाना ?" गुसाईं बोले, "अरे भाई, तुम तो वृन्दावन से मेरे पहचाने हुए हो ; तुम्हारी दोनों आंखें, रस-समुद्र हैं। जिस दिन कमललता आई थी, उसकी आंखें भी ऐसी ही थीं। उसे देखते ही पहचानकर बोला, 'कमललता ! इतने दिनों कहां थी ?' कमल आकर अपनी ही हो गई तो उसका आदि-अन्त, विरह-विच्छेद नहीं रहा। यही तो साधना है, यही तो रस की दीक्षा है गुसाईं !" मैंने कहा, "उसे ही देखने आया हूं।" बाबाजी खुश होकर बोले, "तुमने वृन्दावन में उसे अनेक बार देखा है। शायद भूल गए हो, देखते ही पहचान लोगे। तुम्हारे बारे में सब बातें गौहर ने बताई हैं। यह भी कि तुम बर्मा जाने वाले हो।" उनके संकेत पर गौहर जाकर कमललता को बुला लाया। तीस से ज़्यादा न होगी ; श्यामवर्ण, इकहरा बदन, हाथ में चूड़ियां, बाल पीठ पर झूल रहे हैं, गले में तुलसी की माला, हाथ की थैली में भी जयमाला। आंखों और चेहरे का भाव परिचित-सा लगा, चलने का ढंग भी, जैसे कहीं देखा हो। आते ही बोली, "पहचान सकते हो ?" मैंने कहा, "नहीं, पर लगता है, कहीं देखा है।" बोली, "वृन्दावन में देखा था।" मैंने कहा, "मैं तो कभी वहां गया नहीं।" बोली, "गए कैसे नहीं ? गायें चराते, वनफूलों की माला गूंथकर मुझे पहनाते थे। सब भूल गए ?" कहकर मुस्कराने लगी। फिर बोली, "रात हो गई है, जंगल में क्यों बैठे हो ? भीतर चलो।" फिर गौहर की ओर दिखाकर कहा, "गुसाईं ने कहा था, नौकरी के लिए विदेश जा रहे हो। परन्तु तुम्हारे तो कोई नहीं है, फिर नौकरी क्यों करोगे ? हम जो करती हैं, करो। गोविन्दजी का

प्रसाद तो कोई छीन नहीं सकता।"

"वैरागीगिरी मेरे लिए नई नहीं है, पर मेरी प्रकृति ज़्यादा दिन सहन नहीं करती।"

"चलो अन्दर, परिचय करा दूं। यहां कमलों का वन है।"

"चलो।"

वैष्णवी 'गौर-गौर' (गौरांग महाप्रभु) कहकर चली। मैंने भी 'गौर-गौर' करते हुए अनुसरण किया।

अन्दर जाकर देखा—कमललता का कहना असत्य नहीं; सचमुच कमलों का वन है परन्तु दलित-विदलित। मत्त हाथियों को नहीं देखा, पर उनके पद-चिह्न वर्तमान हैं। नाना आयु एवं चेहरों की वैष्णवियां नाना कामों में लगी हैं—कोई लड्डू बना रही है, कोई मैदा गूंध रही है, कोई फल-मूल काट रही है। ठाकुरजी के रात के भोग की तैयारी है। कोई खाली नहीं। सबने मेरी ओर एक क्षण के लिए ही देखा, फिर काम में लग गईं। इनकी एकाग्रता देख आश्चर्य होता है। सबके होंठ हिल रहे हैं। कदाचित् मन ही मन जप चल रहा है। कमललता ने कहा, "चलो, भगवान को नमस्कार कर आएं। पर तुम्हें क्या कहकर पुकारूं? नये गुसाईं?" मैंने कहा, "मेरे नाम के साथ ही गुसाईं जोड़ दो न?" उसने होंठ दबाकर हंसते हुए कहा, "यह नहीं हो सकता ठाकुर! वह नाम मैं नहीं ले सकती। अपराध होता है। आओ!"

"किसका अपराध?"

"किसका? यह सुनकर क्या करोगे, तुम तो खूब हो!"

मन्दिर में प्रणाम करके आए। ठाकुरजी के कमरे के अतिरिक्त और सब मिट्टी के हैं, पर अत्यन्त स्वच्छ। बरामदे में मेरे लिए आसन बिछाकर कमल बोली, "बैठो, तुम्हारा कमरा ठीक कर आऊं!" मैंने पूछा, "क्या आज मुझे यहीं रहना होगा?" उसने कहा, "डर क्या है? मेरे रहते तुम्हें कष्ट नहीं होगा।"

जब कमललता लौट आई, मैंने पूछा, "तुम इस मठ की अधिकारिणी हो?" जीभ काटकर वह बोली, "हम सब गोविन्दजी की दासी हैं।" यहां कोई छोटा-बड़ा नहीं। सबको अलग-अलग सेवा बंटी है।" कहकर उसने मन्दिर की ओर हाथ जोड़कर नमस्कार

किया, मानो अपराध की क्षमा मांगी हो, "फिर ऐसा न कहना।" पूछने पर मालूम हुआ कि बड़े गुसाईं और गौहर गुसाईं नदी में स्नान करने गए हैं। मैंने घूम-घूमकर देखा, सब घर-गृहस्थी के इन्हीं कामों में लगी हैं। पूछा, "दिन-भर तुम लोग यही करती हो, तब भजन-साधना कब करती हो?" उसने कहा, "यही हमारी भजन-साधना है।" कहते-कहते उसके मुंह पर अभूतपूर्व मधुरता फैल गई। लगा —इस अपरिचिता वैष्णवी का मुख जितना सुन्दर है उतना सुन्दर मुंह मैंने संसार में कहीं नहीं देखा। मैंने पूछा, "कमललता, तुम्हारा घर कहां है?" उसने आंचल से आंखें पोंछकर हंसते हुए कहा, "वृक्ष की छाया। पहले रहा होगा ईंट-काठ के बने मकान का कोई कमरा; परन्तु कहानी सुनाने का समय नहीं है गुसाईं, चलो, तुम्हारा कमरा दिखा दूं।" वह कमरे में ले गई। बांस की खूंटी पर टंगा रेशमी कपड़ा दिखाकर बोली, "इसे पहनकर ठाकुर-भवन में आना, देर न करना।" कहकर चली गई। अच्छा कमरा है। एक ओर काठ की चौकी पर बिस्तर बिछा है; पास ही कुछ पुस्तकें एवं एक थाल में बकुल-पुष्प रखे हैं। सुगन्धित धूप जल रही है। बड़ा अच्छा लगा। थका तो था ही, कपड़े उतार धम से बिस्तर पर पड़ गया।

तन्द्रा-सी लग गई थी कि किसीने पुकारकर कहा, "नये गुसाईं! मन्दिर नहीं जाओगे? तुम्हारी बुलाहट है।" दूर से उठती हुई स्त्री-कंठ की मधुर संगीत-लहरी कान में आई। समझ गया, कमललता गा रही है, और नवीन की चेतावनी झूठी नहीं थी। जाकर एक ओर चुपचाप बैठ गया। सबकी दृष्टि राधा-कृष्ण की युगलमूर्ति पर लगी थी, बीच में खड़ी कमललता कीर्तन कर रही थी। देखा—गायिका की आंखों से झर-झर आंसू गिर रहे हैं; सबकी आंखें गीली हैं। रह-रहकर कमललता का स्वर टूट जाता है। मेरा मन भी न जाने कैसा होने लगा। भावों की विह्वलता से बहुत डरता हूं, इसलिए उठकर बाहर चला आया। किसीने ज़रा भी ध्यान नहीं दिया। लगा—एक मुझे छोड़ सब व्यक्ति जैसे किसी दूसरे लोक में चले गए हैं। न जाने किस व्यथा से रोते-रोते सो गया। फिर कमललता की पुकार सुन जाग पड़ा, "अरे नये गुसाईं, प्रसाद न लोगे? चलो, या कहो तो यहीं ला दूं।" मैंने कहा, "यहीं

ला दो तो अच्छा है, पर गौहर कहां है ? दोनों साथ खाएंगे।" पूछा, "उसके साथ बैठकर खाओगे ?" मैंने कहा, "सदा ही खाता हूं। बचपन में उसकी मां ने मुझे बहुत खिलाया है। फिर गौहर भक्त है, कवि है। कवि की जाति की खोज कैसी ?" सांस दबाकर बोली, "गौहर गुसाईं नहीं हैं। न जाने कब चले गए।" मैंने पूछा, "तुम लोग क्या उसे भीतर नहीं आने देतीं ? देखा, आज आंगन में बैठा था।" वैष्णवी बोली, "नहीं।" मैं बोला, "कमललता ! तुम अपने देवता के साथ हंसी कर रही हो।" वैष्णवी बिना उत्तर दिए चली गई और एक आसन तथा प्रसाद-पात्र लाकर रख दिया।

दूसरे दिन दिन-भर देखता रहा—वही आरती-पूजा, वही सब काम। मैंने कमललता से पूछा, "क्या तुम सचमुच सोचती हो कि पत्थर की मूर्ति में ही भगवान की शक्ति और चेतना है ?" बोली, "यह तो हमारे लिए सोचने का विषय नहीं, प्रत्यक्ष है। भगवान को तो कहीं भी रहने में रुकावट नहीं होती।" देखा—तर्क की पूर्णता न हो, पर जीवन्त विश्वास है। चुप देख वह बोली, "क्या सोच रहे हो ?" मैंने कहा, "तुम्हारे ही बारे में सोच रहा हूं।" उसने कहा, "यह तो मेरा परम सौभाग्य है, फिर भी यहां रहना नहीं चाहते। बर्मा नौकरी करने जाना चाहते हो। नौकरी क्यों करोगे ?" मैंने कहा, "खाऊंगा क्या !" बोली, "भगवान देंगे।" मैंने कहा, "तुम्हारा भगवान पर बहुत भरोसा तो नहीं जान पड़ता, नहीं तो भीख मांगने क्यों जातीं ?"

वैष्णवी ने कहा, "जाती हूं इसलिए कि देने के लिए हाथ बढ़ाए वे दरवाज़े-दरवाज़े खड़े हैं। नहीं तो बिना खाए सूखकर मर जाती, पर वहां न जाती।"

"तुम्हारा घर कहां है ?"

"कल कहा था न कि पेड़ के नीचे है। मेरा घर गली-गली में है।"

"तब वहां न रहकर मठ में क्यों रहती हो ?"

उसने कहा, "बहुत दिनों गली-गली में रह चुकी हूं, अब भी साथी मिले तो फिर चली जाऊं।"

"साथी की तुम्हें क्या कमी ? जिसे कहोगी वही राज़ी हो जाएगा।"

हंसकर बोली, "तुम्हींसे कहती हूं—राज़ी होगे ? कह रहे थे, वृन्दावन धाम नहीं देखा है, चलो तुम्हें दिखा लाऊं। बहुत दिन बैठ कटे, रास्ते का नशा फिर खींच रहा है, चलोगे न गुसाईं ? कल पंचमी है, जाने का अच्छा दिन है—चलो। अच्छा न लगे तो लौट आना। मैं मना नहीं करूंगी।" मैंने देखा—वह हंसी नहीं कर रही है। यहां के बन्धन तोड़कर भागने के लिए उसके प्राण विकल हैं। कुछ देर बाद किसी जरूरी काम से कोई उसे बुला ले गया। प्रसाद खाकर बाहर निकला कि कुछ दूर पर भयानक चेहरे का एक आदमी मिल गया। बोला, "महाशयजी ! जानते हैं, इस कमललता का असली नाम क्या है ? उषांगिनी। सिलहट की रहनेवाली है। मुझसे उसका कंठी बदलकर विवाह हुआ है। मैं द्वादश तेली हूं, वह कलवार है। उसके पानी से हम पांव भी नहीं धोते। दरोगा को पैसे खिलाए हैं। सिपाही को साथ ले, झोंटा पकड़ उसे अखाड़े से खींच लाऊंगा। बाबाजी के बाबा भी बचा न सकेंगे। साला, रैस्कल कहीं का !" मैं आगे बढ़ गया। लगा—वैष्णवी के भागने का हेतु कदाचित् यही है।

एक वैष्णवी प्रसाद दे गई, पर कमल नहीं आई। आरती हो गई, सब तरफ सुनसान हो गया। मैं दीप बुझाकर सो गया। रात में वह आई और पूछा, "वह आदमी क्या कह रहा था ?" मैंने सब बता दिया। बोली, "मेरे बचपन का इतिहास सुनोगे ? कदाचित् तुम्हें घृणा हो जाएगी।" मैंने कहा, "उससे क्या लाभ ? तुम मुझे बड़ी भली लगती हो। कल चला जाऊंगा। फिर शायद हममें कभी भेंट न हो। तब मैं इस भले लगने को क्यों निरर्थक करूं ?" कुछ देर चुप रहकर बोली, "तुम्हें कल न जाने दूंगी। कल क्या, कभी न जाने दूंगी। पर बहुत रात हो गई, सो जाओ।" फिर मिसहरी ठीक कर, चुपके से दरवाज़ा बन्द कर चली गई।

४

वैष्णवी ने मुझसे शपथ करा ली कि उसकी कहानी सुनकर मैं घृणा नहीं करूंगा। मैंने कहानी सुनने में अरुचि प्रकट की, पर उसने कहा, "प्रयोजन आपका नहीं, मेरा है।" मैंने देखा, जब तक मैं सुन न लूंगा, उसके हृदय की ग्लानि नहीं मिटेगी। तब मैं राज़ी हो

गया। बड़ी देर तक मन में लड़ती रही; वाणी निकल नहीं रही थी। मैंने कहा, "ऐसी कहानी सुनने के लिए तुम्हें बहुत लोग मिल जाएंगे। मैं तो कल ही चला जाऊंगा और जीवन में शायद कभी हमारी मुलाकात न होगी।" बोली, "पहले ही कह चुकी हूं, प्रयोजन तुम्हारा नहीं, मेरा है; पर क्या यह सच कह रहे हो कि कल के बाद हमारी मुलाकात न होगी? मेरा मन कहता है, फिर होगी। मैं यही आशा लेकर रहूंगी।" तब मैंने पूछा, "जिसके डर से तुम भाग रही थीं, वह है कौन?"

"मेरे इहलोक और परलोक की यंत्रणा है। इसीलिए तो प्रभु से रोकर मांगती हूं कि मनुष्य के प्रति इतनी प्रबल घृणा मेरे मन से निकाल दो, नहीं तो मेरी सम्पूर्ण साधना व्यर्थ हो जाएगी। फिर भी एक दिन मनुष्य से ज़्यादा मेरा अपना कोई नहीं था—संसार में इतना प्यार किसीने भी किसीको न किया होगा। खैर, सुनो—मेरे और भी दो छोटे भाई हैं, पर मां-बाप की मैं एक ही लड़की थी। हम श्रीहट्ट के निवासी हैं, पर पिताजी का व्यापार कलकत्ता में था, इसलिए मैं वहीं रहती थी। कलकत्ता में ही मेरा विवाह हुआ और सत्रह ही वर्ष की उम्र में मैंने उन्हें खो दिया। उनका नाम भी यही था, इसीलिए तुम्हारा नाम ज़बान से नहीं ले सकी। कल जिसके साथ तुम्हारी भेंट थी, उसका नाम है मन्मथ। वह हमारा मुनीम था। इक्कीस साल की वय थी, तब मैं गर्भवती हो गई। मन्मथ का एक पितृहीन भतीजा यतीन हमारे यहां रहकर पढ़ता था। मुझसे कुछ छोटा था, पर मुझे बहुत प्यार करता था। देवी मानता था। मैंने उससे ज़हर लाने को कहा, पर वह न ला सका। धीरे-धीरे बात पिताजी के कानों में पहुंची। वे शांत प्रकृति के थे। तय हुआ कि मैं और मन्मथ दूसरी जगह जाकर वैष्णव-दीक्षा लेकर घर से अलग हो जाएंगे। नाम बदल जाएगा। सुना, बीस हज़ार लेकर मन्मथ शादी करने को तैयार हुआ था, पर बाद में तीस हज़ार मांगने लगा। उसने बिलकुल झूठा कलंक यतीन पर लगा दिया और पिता के सामने कह दिया कि तेरी उषा दीदी ही ऐसा कहती है। उसे इतनी चोट लगी कि उसने तबेले में जाकर गले में फांसी लगा ली। अब भी क्या तुम्हें सुनने की इच्छा होती है?" मेरे 'होती है' कहने

पर वह बोली, "मेरा भाग्य है जो इस जन्म में तुम्हारे दर्शन फिर हुए। फिर चार दिन बाद एक मृत शिशु पैदा हुआ। गंगा में विसर्जित कर मैं लौट आई। पिताजी रोकर बोले, 'अब तो मैं नहीं रह सकता बेटी!' और फिर जाते समय कहा, 'खबर देना बेटी!' मैं बोली, 'मेरी खबर न लीजिएगा। मैं मरूंगी नहीं पिताजी! पर मेरी सती-लक्ष्मी मां से कह देना कि उषा मर गई। दुःख होगा, पर मुझे जीवित जानकर और भी दुःख होगा।' मैं लोगों के साथ वृन्दावन चली गई। तबसे बहुत दिन कट गए।" मेरे सन्देह करने पर उसने कहा कि द्वारकादासजी उसके पूजनीय हैं। उसकी तरह अन्य वैष्णवियों का भी उन्होंने उद्धार किया है। उसने यह भी कहा, "तुम लोगों ने दूर रहकर केवल हमारी हंसी उड़ाई है, निकट आकर तो कभी कुछ देखा नहीं। हमारे बड़े गुसाईंजी संन्यासी हैं, उनका उपहास करने से पाप होता है। मुझे तो तुम प्यार करते हो, कम से कम इतना तो देख जाओ कि कमललता सचमुच क्या अवलम्ब लेकर दुनिया में जी रही है। दो दिन रहो, खुश होगे। अच्छा, इस उम्र तक भी तुमने सचमुच किसीको प्यार नहीं किया? मुझे तो लगता है, तुम्हारा मन असली वैरागी का मन है, तितली जैसा। तुम कभी किसी बन्धन को नहीं मानोगे।"

मैंने हंसकर कहा, "मेरी प्रेमपात्री सचमुच कहीं हो तो इस विशेषण के सुनने से ही अनर्थ हो जाएगा।" वह हंसकर बोली, "डरो मत। कोई होगी तो मेरी बात का विश्वास ही न करेगी और तुम्हारी मधुमिश्रित चतुरता वह जन्म-भर न पकड़ सकेगी।" मैंने कहा, "भले हो चतुराई, पर उसके निकट तो सत्य होगी।" वह बोली, "सत्य का स्थान असत्य कभी नहीं ले सकता गुसाईं! कारण न समझने पर भी उसका हृदय सदा आंसू बहाता रहेगा। यदि कोई है तो तुम उसे भले ही भूल जाओ, पर वह तुम्हें न भूल सकेगी और न कभी उसकी आंखों का पानी ही सूखेगा।"

"क्या मुझे प्यार करने का नाम दुःख पाना ही है?"

"दुःख की बात मैंने नहीं कही, कही है आंखों के पानी की बात। दोनों एक नहीं हैं। प्रेम की वास्तविकता को लेकर पुरुष-दल अपनी बड़ाई करता है, तब सोचती हूं कि हमारी जाति अलग है। तुम

लोगों से हमारे प्यार की प्रकृति भिन्न है। तुम लोग चाहते हो विस्तार, हम चाहती हैं गहराई; तुम लोग चाहते हो उल्लास, हम चाहती हैं शांति। प्रेम के नशे से हम भीतर-भीतर डरती हैं। वह हमारा सत्य नहीं है, हमारा अपना भी नहीं है। प्रेम की बड़ी से बड़ी प्राप्ति स्त्रियों के लिए निर्भयता है। यह चीज़ तुम लोगों से कोई कभी नहीं पाती। इसीलिए तुम्हारी बड़ाई सहन नहीं होती।" मैंने कहा, "तुम्हारे निकट मैंने बड़ाई तो की नहीं।" बोली, "ऊपर से नहीं की, पर तुम्हारा यह उदासीन वैरागी मन—जगत् में इससे बड़ा अहंकार और क्या है ?" मैंने पूछा, "इन दो दिनों में ही तुमने मुझे इतना कैसे जान लिया ?" बोली, "जान गई, तुम्हें प्यार जो किया है।" मैंने पूछा, "प्यार किया है, यह सच है कमल ?" बोली, "हां, सच है, इससे मेरा जप-तप, ठाकुर-सेवा और सार्थक हो जाएंगे। चलो न, सब कुछ छोड़-छाड़ दोनों रास्ते पर निकल पड़ें।"

"वह नहीं होगा। कल मैं जा रहा हूं। जाने के पूर्व गौहर के विषय में जानने की इच्छा है।" बोली, "उसे सुनना तुम्हारा काम नहीं। पर क्या सचमुच कल जाओगे ?" मैंने कहा, "हां।" कमल ने कहा, "पर यदि फिर कभी यहां आओगे तो मुझे न पाओगे।"

५

मन कहता है, मेरा यहां से चला जाना ही श्रेयस्कर है, किन्तु दूसरे ही क्षण मन की आंखों में आंसू क्यों भर आते हैं ? फिर भी जाना ही चाहिए, पीछे हटना ठीक न होगा; और वह भी कल ही। सोचने लगा—कैसे करूं ? बचपन का एक रास्ता जानता हूं—गायब हो जाना। विदा की वाणी नहीं लौटकर आने की झूठी सान्त्वना नहीं, कारण का प्रदर्शन नहीं। बस सोच लिया, ठाकुरजी की मंगल आरती आरम्भ होने के पहले चल दूंगा, पर कठिनाई है। पुंटू के दहेज का धन छोटे बैग-समेत कमललता के ही पास है। ऊंह, रहने दो ! कलकत्ता या बर्मा से चिट्ठी भेज दूंगा। सोचते-सोचते न जाने कब आंख लग गई। एकाएक लगा कि स्वप्न में गाना सुन रहा हूं—

'जागिए गोपाल लाल ! पंछी बन बोले।'

उठकर देखा, कमल कह रही है, "आज सुबह की गाड़ी से कलकत्ता जाने की बात थी न ! उठो, हाथ-मुंह धो लो। मैं चाय तैयार कर लाती हूं। नहाना नहीं; आदत नहीं, बीमार पड़ सकते हो।" मैंने पूछा, "इच्छा होगी तो सुबह की गाड़ी से चला जाऊंगा, पर तुम्हें भेजने में उत्साह क्यों है?" बोली, "औरों के उठने के पूर्व मैं तुम्हें बड़े रास्ते तक पहुंचा तो आना चाहती हूं।" मैंने देखा—बाल गीले हैं, वह नहाकर तैयार होकर आई है। मुझे पहुंचाकर लौट आएगी। उसने रुपयों का बैग देकर कहा, "रास्ते में संभालकर रखना।" मैंने कहा, "आज सुबह मेरे जाने की इच्छा नहीं है।" उसने कहा, "नहीं है तो थोड़ी देर और सो लो। उठने पर मुझे कहला देना। मैं फूल चुनने जाती हूं। प्रातः पूजा के फूल मैं ही चुनकर लाती हूं। उन लोगों को इस कार्य में तकलीफ होती है।"

इस मठ में केवल दो दिन से हूं, पर न जाने कैसा एक आकर्षण अनुभव कर रहा हूं। जैसे इसकी आंतरिक शुभाकांक्षा किए बिना रह नहीं सकता। लोग मिथ्या कहते हैं कि सबको मिलाकर आश्रम है और सब समान हैं। इस एक के अभाव में सब विछिन्न हो जाएगा। बोला, "और न सोऊंगा, चलो, तुम्हारे साथ चलकर फूल चुन लाऊं।" बोली, "तुमने स्नान नहीं किया है, कपड़े भी नहीं बदले हैं, तुम्हारे चुने फूलों से पूजा होगी?" मैंने कहा, "तुम्हारे साथ रहकर सुख-दुःख की दो बातें ही कर लूंगा।" वैष्णवी हंसी, बोली, "हठात् इतना दर्द हो गया गुसाईं, अच्छा चलो। मैं डलिया लाती हूं, तब तक तुम हाथ-मुंह धोकर कपड़े बदल लो।"

रास्ते में मैंने कहा, "एक अनुरोध रखोगी? यहां से कहीं और न जाना।" बोली, "शाम को तुम कलकत्ता चले जाओगे, क्यों?" मैंने कहा, "अभी सुबह तो होने दो।" मेरे अनुरोध पर उसने चंडीदास के एक-दो पद गाए। अंतिम पद में था—'प्रीति के कारण प्राण गंवावै, आखिर प्रीतिहि पावै।" मैंने कहा, "इसके बाद?" बोली, "इसके बाद और नहीं, यही शेष है।" सचमुच शेष है; दोनों चुप हो रहे। बड़ी इच्छा हुई कि पास जाकर उसका हाथ पकड़कर अंधेरे पथ पर चलूं, पर पैर उधर न उठे। पीछे-पीछे चलकर आश्रम के

बगीचे में पहुंचा। देखा—अगणित खिले चमेली के फूलों से वह सफेद हो उठा है। चित्त प्रसन्न हो गया, मन करुणा और ममता से भर गया। बोला, "कमललता ! जीवन में तुमने अनेक दुःख-दर्द पाए हैं, प्रार्थना करता हूं कि इस बार तुम सुखी होओ।"

मठ में लौटकर देखा—सब अपने काम में लगे हैं। मैं अपने कमरे में चला गया। यथासमय स्नान-भोजन किया। संध्या को मेरे जाने की बात थी। वैष्णवी को खोजने गया तो देखा, वह ठाकुरजी का शृंगार कर रही है। देखते ही बोली, "आओ, मदद दो। पद्मा को सिर-दर्द है। लक्ष्मी-सरस्वती ज्वर में पड़ी हैं। क्या होगा, कुछ समझ में नहीं आता।" मैं सहायता करने लगा। उस दिन जाना नहीं हुआ; अगले दिन भी नहीं। सुबह वैष्णवी के साथ फूल तोड़ने जाता; दिन को और भी कामों में उसे सहायता करता। स्वप्न की तरह दिन कटने लगे। मन बीच-बीच ने कहता—क्या खिलवाड़ कर रहे हो। गौहर की खबर लेने का भी समय नहीं निकाल पाते। निश्चय किया कि इस तरह नहीं चल सकता, जाना ही होगा।

कमललता रोज़ सुबह आकर जगाती; मुंह-हाथ धो कपड़े बदल साथ चल देता। आज अपने-आप नींद खुल गई, बिस्तर छोड़ बाहर आया। कमललता आकर खड़ी हो गई—ऐसा अस्नात अप्रस्तुत मुख पहले कभी नहीं देखा था। डरकर पूछा, "तुम्हारी तबीयत क्या ठीक नहीं है ?" बोली, "आज तुम जीत गए। तबीयत कुछ ठीक नहीं।" उसकी ऐसी अवस्था में ठाकुर की सेवा का भार आज मुझपर आ पड़ा। वह बतलाती जाती है, मैं काम करता जाता हूं। आज भी जाना नहीं हुआ। इस विपत्ति में इन्हें कैसे छोड़ जाऊं ?

और भी दो दिन कट गए। कमल स्वस्थ हो गई; लक्ष्मी-सरस्वती भी निरोग हो गईं। द्वारकादासजी गुरु के पास नवद्वीप गए थे, वे भी लौट आए। इसलिए आज उनसे विदा मांगने गया। वे बोले, "कमल तो रो-रोकर अधमरी हो जाएगी। उसका स्वभाव ही ऐसा है। किसीके चले जाने पर वह शोक में अधमरी हो जाती है।" कहा, "जिसकी आदत ही शोक करने की है, उसे मैं कैसे रोक सकता हूं ?" उधर से मुंह फेरा कि देखा, पीछे कमललता खड़ी है। द्वारकादास ने कहा, "इसपर नाराज़ न होना गुसाईं ! उसे दुःख है कि सेवा करने

के बदले, बीमार पड़ जाने के कारण तुमसे स्वयं सेवा कराई। अगर कभी तुम्हारा इधर आना हो तो इन भिखारियों को दर्शन दे जाना।" मैं चला आया। रास्ते में नवीन मिला। मालूम हुआ—गोहर कल से घर नहीं लौटा है। मैंने कहा, "यहां तो नहीं आया।" उसने कहा, "कमललता से एक बार पूछ लूं। वह सब जानती है।" मेरे मन में एकाएक विचार आया कि अब वह नहीं आता? रुपया-पैसा तो उसके लिए तुच्छ है। प्रेम भी हो तो मुंह खोलकर कहेगा नहीं। तब क्या उसी दाह से त्राण पाने के लिए वैष्णवी भाग जाना चाहती है। मैं बैठकर सोचने लगा। नवीन चला गया। घड़ी देखी—पांच बजे की ट्रेन के लिए ज़्यादा देर नहीं है। आगे बढ़ा कि पद्मा ने आकर कहा, "तुम्हें एक बार दीदी बुला रही है।" वहां गया। बोली, "कलकत्ता रात को पहुंचोगे, कमरे में प्रसाद लगा दिया है। आओ, खा लो।" खा लेने पर पूछा, "फिर आओगे न? मुझे कितने दिनों तक यहां रहना होगा?" मैंने कहा, "तुम्हीं बताओ कितने दिनों बाद मुझे यहां आना होगा?" बोली, "नहीं बताऊंगी।" मैं बोला, "एक दूसरी बात का जवाब दोगी?" बोली, "नहीं, तुम्हारी जो इच्छा हो समझ लो, पर एक दिन अपने-आप उत्तर मिल जाएगा।" पद्मा भी आ गई। उसने भी कमल की देखा-देखी हाथ जोड़ प्रणाम किया। कमल नाराज़ होकर बोली, "जलमुंही! पदधूलि लेकर प्रणाम कर!"

मैं कुछ न कह बाहर चला आया।

६

घूमते-घामते स्टेशन पहुंच गया। उसी समय गाड़ी मिल गई और उसने सीटी देकर यात्रा भी शुरू कर दी। उसे स्टेशन के प्रति मोह नहीं। मेरे मन में होने लगा—मनुष्य के जीवन में दस दिन क्या होते हैं, फिर भी ये कितने बड़े हैं। कल कमल अकेले फूल तोड़ने जाएगी, फिर सारे दिन ठाकुर की सेवा में लगी रहेगी। पर क्या जाने दस दिन के साथी नये गुसाईं को भूलने में उसे कितने दिन लगें। बचपन से मेरे जीवन का कोई लक्ष्य नहीं रहा। इतनी आयु बीत गई, केवल दूसरों का अनुकरण करने और दूसरों के विश्वास

पर चलने में। और वह वैष्णवी कमललता? उसका जीवन मानो प्राचीन वैष्णव कवि के हृदय से निकला अश्रुगीत है। छन्द, व्याकरण, भाषा की भूलें हैं, फिर भी मानो उसीके कीर्तन का सुर है। जिसके मर्म में पैठता है, उसे ही उसका ज्ञान होता है। वह मानो गोधूलि के आकाश की रंग-बिरंगी तस्वीर है। उसकी कोई संज्ञा नहीं। मुझसे कहा था, 'चलो न गुसाईं! यहां से चल दें। गीत गाते-गाते मार्ग पर ही दोनों के दिन कट जाएंगे।' बोली, "असल नाम मुंह से नहीं ले सकती।" उसका विश्वास है कि मैं उसके विगत जीवन का बन्धु हूं। मेरे पास रहते उसकी साधना में विघ्न नहीं आ सकता। एकाएक राजलक्ष्मी की और उसकी कठोर चिट्ठी की याद आ गई। इस जीवन में वह मेरे लिए शेष हो गई है, किन्तु इस शून्यता को भरने के लिए क्या कहीं कोई है? न जाने कितनी बातें, कितनी घटनाएं याद आने लगीं। उस दिन श्मशान-पथ में रोककर उसीने तो कहा था—'देखूं, कैसे जाते हो? उस विदेश में विपत्ति आ पड़ी तो कौन तुम्हें संभालेगा? वह या मैं?' यह ज़ोर ही उसका सदा का सच्चा परिचय है। यह पकड़ कभी छूट न पाई। रास्ते के किनारे मरने पड़ा था। आंखें खोलकर देखा—वह सिरहाने बैठी है। तब सब भार उसपर डाल सो गया। यह भार उसका है, मेरा नहीं। गांव के मकान पर जाकर बीमार पड़ गया। वह वहां नहीं जा सकती थी। इससे बढ़कर शर्म उसके लिए दूसरी न थी। फिर भी आ पहुंची। चिट्ठी में लिखा है, "तुम्हारी देखभाल कौन करेगा? पुंटू? और मैं नौकर से खबर लेकर लौट आऊंगी, इसपर भी मुझे जीने को कहते हो?' मन में कहा, 'केवल रूप में ही नहीं, संयम-शासन, आत्मनियंत्रण सबमें उस प्रखर बुद्धिमती के निकट यह कोमल आश्रमवासिनी कमललता कितनी-सी है? फिर भी उसमें मैंने अपने स्वभाव की परछाईं देखी है, लगा है इसीके निकट है मेरी मुक्ति।' गाड़ी हावड़ा स्टेशन पर आकर रुक गई। सोचा—कल ही सब व्यवस्था कर आश्रम को लौट जाऊंगा। गई मेरी नौकरी, रहा मेरा बर्मा जाना। पर घर पहुंचते ही देखा—रतन है। मालूम हुआ, राजलक्ष्मी भी आई है: "चार दिन हुए, तब से मैं बराबर पहरा दे रहा हूं। चलिए, थोड़ी दूर पर ठहरी हैं, मैंने गाड़ी किराये पर कर रखी है।" जाना पड़ा।

श्याम बाज़ार की एक गली में दोमंज़िला मकान और बगीचा था। बरामदा पार कर बड़ा कमरा मिला। कार्पेट बिछा है, फूलदार जाजम और गाव-तकिए लगे हैं। पास ही मेरा हुक्का और राजलक्ष्मी के हाथ से बुने ज़री के कामवाले मेरे स्लिपर रखे हैं। बगल के कमरे में पलंग बिछा है। खूंटी पर मेरे कपड़े टंगे हैं जो गंगामाटी जाने के पूर्व तैयार हुए थे और काम में न आए थे।

राजलक्ष्मी ने आकर पदधूलि ली। आज उसे नये रूप में देखा—शरीर में रूप समा नहीं रहा है। प्यारी की याद आ गई। दुःख-शोक में नहाकर मानो उसने नया रूप धारण किया है। आज फिर गहने पहने हैं। अवाक् हो देखता रहा। उसने कहा, "इतना क्या देख रहे हो?" मैंने कहा, "तुम्हें।" बोली, "क्या नई हूं?" मैंने कहा, "ऐसा ही तो लग रहा है।" उसने कहा, "और मुझे इच्छा हो रही है, रतन के चिलम भर लाने से पूर्व ही तुम्हारे गले में दोनों हाथ डाल दूं। उठाकर बाहर तो नहीं फेंक दोगे?" फिर ज़ोर से हंस पड़ी। मैंने भी हंसकर कहा, "डालकर देख लो न? पर इतनी हंसी! भांग तो नहीं पी है?" इसी समय रतन के पैरों की धमक सुनाई दी। बोली, "उसे चले जाने दो, तब बताऊंगी कि क्या पी है? मालूम है, मेरे चार-पांच दिन कैसे कटे हैं? मुझे अकेला छोड़ तुम पुंटू की शादी कराने गए थे?"

"मुझे क्या मालूम, तुम अचानक आ जाओगी?"

"तुम्हें सब मालूम था, केवल मुझे खिजाने के लिए चले गए थे।"

फिर उसने अपने कमरे में आसन लगाकर अपने हाथ से मेरे लिए थाली सजाई। खिलाते-खिलाते बात करने लगी। मैंने बता दिया कि कहां था; कमललता का भी परिचय दे दिया। भोजन के बाद राजलक्ष्मी मेरे ही तकिये के एक कोने में कोहनी के बल झुककर बैठ गई। मैंने पूछा, "लक्ष्मी! अचानक कैसे आ गई?" वह बोली, "उस दिन मन न जाने कैसे हो गया। डर लगा कि कहीं हार्ट फेल न हो जाए और इस जन्म में फिर तुम्हें न देख सकूं।"

मैंने कहा, "बंकू क्या कहता है?" बोली, "वही जो बहुओं के आने पर सब लड़के कहते हैं। वह मुझे क्या दुःख देगा; दुःख तो

एक तुम्हीं दे सकते हो ।" मैं बोला, "मैंने क्या कभी कोई दुःख दिया है लक्ष्मी ?" वह बोली, "कभी नहीं, बल्कि मैंने ही आज तक तुम्हें न जाने कितने दुःख दिए हैं । तुम्हें दूसरों की दृष्टि में हेय बनाया । उसीका दण्ड है कि अब दोनों किनारे डूबे जा रहे हैं । इतने पाप करके भी मेरे जैसा भाग्य किसका था, पर धर्म के पागलपन में आई लक्ष्मी भी ठुकरा दी, गंगामाटी जाकर भी होश नहीं आया और काशी से भी तुम्हें विदा कर दिया ।" कहते-कहते उसकी आंखों से टप-टप आंसू गिरने लगे । बोली, "अपने हाथ विष का जो पौधा लगाया था उसमें फल लग रहा है । खा नहीं सकती, सो नहीं सकती, न जाने कैसी असम्बद्ध आकांक्षाएं आने लगतीं । तभी आई तुम्हारी चिट्ठी । दो दिन कटे; कैसे कटे, नहीं जानती । रतन के हाथ चिट्ठी का उत्तर भेज दिया । फिर अन्नपूर्णा के सामने खड़ी होकर कहा, 'मां ! समय रहते चिट्ठी उनके पास पहुंच जाए, मुझे आत्महत्या न करनी पड़े ।' फिर बोली, "मुझे इस तरह क्यों बांधा था, बोलो ? मंदिर के बाहर ही मुझे पटना का लछमन साहू मिल गया । उससे सस्ते में उसके इस मकान का सौदा हो गया । मैं चली आई और आखिर तुम्हारे दर्शन हो गए ।"

इसके बाद उसकी गर्म-गर्म सांसें मेरे गालों पर पड़ने लगीं ।

७

"अजी उठो, रतन चाय लिए खड़ा है । अब कब तक सोओगे ?" मैंने करवट बदलकर कहा, "तुमने सोने ही कब दिया ? अभी-अभी तो सोया हूं ।" रतन चाय की कटोरी मेज़ पर रख लज्जावश भाग गया । वह बोली, "छिः-छिः ! कैसे बेहया हो । रात-भर कुम्भ-कर्ण की नींद सोए, मैं बैठकर पंखा झलती रही, और अब ऐसा कहते हो ? उठो, नहीं तो पानी डाल दूंगी ।" झट उठ बैठा । देखा राजलक्ष्मी नहा-धो, पूजा-पाठ से निवृत्त होकर आई है । उसने कहा, "कल से क्या देख रहे हो ? यही न कि पुंटू या कमललता मुझसे सुन्दर है या नहीं ?" मैं बोला, "नहीं, रूप की दृष्टि से इनमें से कोई तुम तक नहीं पहुंच सकती ।" वह बोली, "जब तुम्हारे विवाह का निमन्त्रण आया···" मैंने बीच में ही बाधा देकर कहा, "झूठ न

बोलो, तुम्हारी सम्मति जानने के लिए···।" बाधा देकर बोली, "हां जी, हां। नाराज़ होकर विवाह करने को लिख देती तो कर लेते न ?"

"नहीं।"

"नहीं क्या ? तुम लोग सब कुछ कर सकते हो।"

दोपहर को भोजन कराने बैठी तो बढ़िया बनारसी साड़ी पहने थी। पूछा, "इसे पहचान सकते हो ?" "मैंने कहा, "हां, मैंने बर्मा से खरीदकर भेजी थी।" बोली, "तभी मैंने निश्चय कर लिया था कि जीवन के सबसे महान अवसर पर इसे पहनूंगी। इसीलिए पहनी हूं।" मैंने कहा, "सुना है तुम अभी कालीघाट जाओगी ?" उसने कहा, "अभी कैसे ? तुम्हें खिला-पिलाकर ही तो छुट्टी मिलेगी ?" मैं बोला, "तब भी न मिलेगी। सुना है तुम्हारा खाना छूट गया है। अब तुम्हें कड़े अनुशासन में रखूंगा। तुम मनमानी न कर सकोगी।" बोली, "ऐसा हो तो जी जाऊं। तब तो खूब खाऊं-पिऊंगी। पर केवल आज-भर के लिए माफ कर दो। आगे क्रीतदासी की तरह रहूंगी। अब तुमपर पहले वाली लक्ष्मी का अधिकार नहीं है, अपनी गलती से ही उसे खो चुकी हूं। केवल आज-भर के लिए आज्ञा दे दो, मैं मां की आरती देख आऊं।" कहते-कहते उसकी आंखों में आंसू आ गए। मैंने कहा, "कल सारी रात जागकर मुझे पंखा करती रहीं। आज तुम थकी हुई हो, कल चले जाना।" उसने कहा, "नहीं, नहीं। तुम्हारी सेवा में मुझे ज़रा भी थकावट नहीं आती। आज-भर मुझे न रोको।" मैं बोला, "तो चलो, साथ चलें। मैं द्वार पर खड़ा रहूंगा, मेरी ओर से तुम वर मांग लेना।" वह आनन्द से उछलकर बोली, "चलो, पर क्या वर मागूंगी ? तुम्हारा स्वास्थ्य, आयु और यह कि तुम मेरे प्रति कठोर हो सको ?"

"तुम्हें विश्वास होता है कि मैं तुम्हारे प्रति कभी कठोर हो सकता हूं ?" "वह बोली, "होता है जी, खूब होता है।" मैंने कहा, "नहीं कभी नहीं होता, झूठ कहती हो।" उसने कहा, "झूठ ही सही। अच्छा कमललता ने भी क्या खूब नाम रखा है—नये गुसाईं ! मैं भी अब इसी नाम से पुकारूंगी। पर तब तुम कहीं मुझे कमललता ही न समझ लो।"

"लक्ष्मी ! यह क्या क्रीतदासी जैसी बातें हैं। पुराने ज़माने के

नबाव तो तुम्हें जल्लाद के हाथ सौंप देते।"

हंसकर बोली, "जल्लाद के हाथ तो मैंने खुद ही अपने को सौंप दिया है।" आगे वह कुछ कहने जा रही थी कि बिजली की गति से उठ बैठी, "अरे! तुम्हारा दूध तो भूल ही गई। मेरे सिर की सौगंध, उठना मत, अभी आई।" कहकर चली गई। मैंने निःश्वास छोड़कर कहा, "कहां यह, कहां कमललता?" दो ही मिनट में दूध का कटोरा लेकर आ गई। मुझे थमाकर पंखा करती बोली, "अब तक लगता है, मेरे मन में कहीं पाप है। गंगामाटी में मन नहीं लगा, काशीधाम लौट आई, बाल कटवा दिए, गहने उतार दिए, तपस्या में लग गई। तुम भी विदा हो गए। किन्तु उस दिन से आंखों का पानी ही न रुका, इष्टमंत्र, देवता सब भूल गई, हृदय शुष्क हो गया। भय हुआ कि अन्त में कहीं पागल तो न हो जाऊंगी।" मैंने कहा, "तपस्या के आरम्भ में देवता भय दिखाते हैं, टिके रहने पर ही सिद्धि मिलती है।" बोली, "सिद्धि की ज़रूरत नहीं, वह मुझे मिल चुकी। इसी मकान में।" मैंने कहा, "प्रमाण दो।" बोली, "मुझे क्या गरज़?" मैंने कहा, "यह तो क्रीतदासियों-सी बातें नहीं हैं।" उसने कहा, "मुझे क्रोध न दिलाओ। बार-बार क्रीतदासी कहोगे तो अच्छा न होगा।" मैं बोला, "अच्छा जाओ, तुम्हें स्वाधीन कर दिया।"

राजलक्ष्मी हंसकर बोली, "कल बातें करते-करते तुम सो गए, तब आंचल से तुम्हारे मुंह का पसीना पोंछ, पंखा करने बैठ गई। तुम्हारे मुंह को देख आंखें न हटा सकी। इसके पूर्व नहीं समझा था कि तुम्हारा मुंह इतना सुन्दर है। अब तक क्या अंधी थी? सोचा—यदि यह पाप है तो चूल्हे में जाए मेरी धर्मचर्चा, यदि यह मिथ्या है तो ज्ञान होने के पूर्व इन्हें मैंने वरण क्यों किया? अरे, तुम तो दूध पी नहीं रहे हो; कितने दुबले हो गए हो!" मैंने कहा, "दुबला हो गया हूं तो बहुत दिनों की लापरवाही से। एक दिन में ठीक करना चाहोगी तो मैं व्यर्थ मारा जाऊंगा।" व्यथा से उसका मुख विवर्ण हो गया। बोली, "अब गलती न होगी। हां तो सुबह गंगा नहाने गई, मालूम हुआ मां ने समस्त पाप धो डाला है। घर आकर पूजा करने बैठी, तब जाना कि तुम अकेले ही नहीं लौट आए हो, मेरा पूजामन्त्र, मेरे इष्टदेवता और गुरुदेव सब लौट आए हैं। मारे

आनन्द के आंसू बहने लगे।...तुम्हें फल खिलाए बहुत दिन हो गए, जाऊं, काट लाऊं ?" मैंने कहा, "जाओ।" और मन ने कहा, 'कहां यह और कहां कमललता !'

कालीघाट से हम दोनों लौटे, तब रात के नौ बज गए। मैंने उससे कहा, "तुम्हारा खाना यहीं मंगवा लेता हूं, खाओगी नहीं तो मैं तुमसे न बोलूंगा।" बोली, "न बोलना।" मैंने कहा, "मैं भी न खाऊंगा।" बोली, "इस बार जीत गए, क्योंकि यही मैं नहीं सह सकती। मन ही मन तुमसे बहुत डरती हूं। संसार में किसीके प्रति तुम्हें मोह नहीं है।" मैंने कहा, "लक्ष्मी, थोड़ी भूल कर रही हो। पृथ्वी पर एक वस्तु है जिससे आज भी मेरा मोह है और वह हो तुम। तुमने श्रीकान्त की यही बात न जानी कि केवल इसके लिए वह दुनिया की सब वस्तुओं का त्याग कर सकता है।"

हाथ धो आई और बोली, "तभी अपनी कालिमा धोने के लिए मरना भी चाहा था, पर तुम्हारे ही कारण न मर सकी।" मैंने कहा, "बार-बार इसे कहकर दुःख दोगी तो ऐसा भागूंगा कि ढूंढ़ने पर भी न पाओगी।" उसने डरकर मेरा हाथ पकड़ लिया, बिलकुल छाती के पास आ गई। बोली, "अब ऐसी बात मुंह पर न लाना।" मैं बोला, "तुम भी अब ऐसी बात न कहना।" वह बोली, "नहीं कहूंगी, पर कहो कि अब मुझे छोड़कर कभी न जाओगे!" मैंने कहा, "मैं तो जब कभी गया हूं तब इसलिए कि तुमने मुझे नहीं चाहा।" बोली, "वह तुम्हारी लक्ष्मी नहीं, कोई और होगी। अब डर नहीं, वह राक्षसी मर चुकी। अच्छा, बताओ, बर्मा जाकर क्या करोगे ? हम दो ही प्राणी तो हैं, हमारी आवश्यकताएं ही कितनी हैं। भगवान देंगे। नौकरी न करने पाओगे, वह तुम्हारे स्वभाव के अनुकूल नहीं है।" मैंने कहा, "न कर सकूंगा तो वापस चला आऊंगा।" बोली, "वापस तो आना ही होगा, केवल मुझे कष्ट देने के लिए इतनी दूर ले जाना चाहते हो।" मैंने कहा, "चाहो तो कष्ट न करो।" भौंहे तरेरकर बोली, "चालाकी मत करो। मुझे कष्ट होगा तो साथ ही लेकर लौट आऊंगी।"

सहसा मेरी गोद में सिर रखकर लेट गई और बोली, "कब चलोगे ?" मैंने कहा, "इस मकान की कुछ व्यवस्था कर दो कि जब

चाहें चल दें।" उसने कहा, "अच्छा, पर एक बार कमललता के यहां मुरारीपुर भी तो जाना है, चलो, हम दोनों चलें।···तुम डरते हो? डर क्या है—तुम्हें चाहती है कमललता और उसे चाहते हैं गौहर दादा।" मैंने पूछा, "किसने कहा?" बोली, "तुम्हींने। तुम्हें याद नहीं है।" मैंने कहा, "तुम्हारा जाना ठीक नहीं। तुम उसे लज्जित करोगी।" वह बोली, "मेरा यही परिचय तुमने पाया है? मैं इसीलिए उसे लज्जित करूंगी कि वह तुमसे प्रेम करती है? यह भी तो हो सकता है कि मैं उसे चाहने लगूं। तुम चिन्ता न करो, इस जीवन में मैं कभी तुम्हें दुःखी न करूंगी।"

सवेरे गाड़ी से ही चलने का निश्चय हो गया।

८

दूसरे दिन जाना न हुआ, पर तीसरे दिन जाना ही पड़ा। रतन रसोईघर की दाई लालू की मां को और बहुत-सा सामान लेकर पहले ही चला गया कि उतरकर स्टेशन पर दो गाड़ियों की व्यवस्था कर रखेगा। मैं टेबल पर चाय पी रहा था। वह शीशे की अलमारी खोल कुछ रख रही थी कि सहसा आईने में उसकी दृष्टि मेरे मुंह पर पड़ गई। साड़ी संभालकर घूमकर नाराज़ी से बोली, "फिर? बार-बार मुझे क्यों घूर रहे हो?" मैंने कहा, "विधाता को फरमाइश देकर न जाने किसने तुम्हें गढ़वाया था लक्ष्मी!" बोली, "तुम्हींने। दुनिया में ऐसी निराली पसन्द और किसकी हो सकती है? मेरे आने के पांच-छः साल पहले तुम आए थे और आते समय उन्हें बयाना दे आए थे। देर न करो, नहीं तो आज भी न जा पाओगे।"

आश्रम पहुंचे। कमललता, पद्मा, लक्ष्मी, सरस्वती इत्यादि ने आकर अभ्यर्थना की। राजलक्ष्मी ने सबसे इस तरह की बात की मानो पुराना परिचय हो। बोली, "कमल जीजी! ये तो दिन-रात तुम्हारी ही चर्चा करते थे, इसके पहले ही आना चाहते थे, पर मेरे कारण ही ऐसा न हो सका। मैं भी इसी देश की लड़की हूं। बचपन में एक ही पाठशाला में पढ़ते थे। बड़ा प्यार था। इसीलिए आज इनके साथ चली आई। मेरा नाम राजलक्ष्मी है और ये कहते हैं लक्ष्मी। मैं इन्हें 'एजी', 'ओजी' आदि कहकर पुकारती थी, किन्तु अब 'नये गुसाईं'

नाम से पुकारने को कहा है। कहते हैं—इससे तृप्ति होगी।" पद्मा ने ताली बजाकर कहा, "समझ गई!" कमल ने धमकाकर कहा, "चल कलमुंही!" फिर बोली, "बातों में देर हो रही है बहन, चलो, सब लोग देवता को प्रणाम करो, फिर सभी मिल प्रसाद पाएं।" यह कहकर वह लक्ष्मी का हाथ पकड़ खींच ले गई। मैंने सोचा—अब विपत्ति आई; क्योंकि राजलक्ष्मी छूत मानती है, वह तो ग्रहण न करेगी। दूसरों को बुरा लगेगा। मैं सोच ही रहा था कि पद्मा ने आकर कहा, "दीदी तुम्हें बुला रही हैं। अन्नभोग लगा है। तुम बाबाजी लोगों के साथ खाओगे, हम औरतें बाद में खाएंगी। आज हम लोगों को स्वयं राजलक्ष्मी दीदी परसेंगी। वे हमारा छुआ न खाएंगी, ब्राह्मण की लड़की हैं न!" मैंने पूछा, "तुम्हारी कमललता दीदी नाराज़ नहीं हुई?" वह बोली, "नाराज़ क्यों होंगी! उन्होंने राजलक्ष्मी दीदी से कहा, 'अगले जन्म में हम दोनों बहिनें एक ही मां के पेट से जन्म लेकर एक ही पत्तल पर खाएंगी। तब कोई जाति जाने की बात कहेगा तो मां कान मल देंगी।' राजलक्ष्मी दीदी बोल उठीं, 'मां क्यों, बड़ी बहिन तो तुम्हीं होगी, तुम्हीं कान मल देना।'" वहां जाकर देखा, दोनों में खूब हेल-मेल हो गया है।

शाम की गाड़ी से द्वारकादास बाबा और उनके साथ दो-एक प्रसिद्ध कीर्तनकर्ता आए। द्वारकादासजी मुझे देखकर खुश हो गए। मैं घूमकर संध्या के पूर्व लौटा तो देखा, समारोह की धूम है। मालूम हुआ, आरती के बाद कीर्तन होगा। पद्मा ने कहा, "आज मनोहर-दास बाबा का गाना सुन तुम अवाक् हो जाओगे।" मैंने कहा "कमल! आज तुम न गाओगी? लक्ष्मी तो तुम्हारा गाना सुनने ही आई है? वह समझती है कि मैंने बढ़ाकर तुम्हारी प्रशंसा की है," कमल ने लजाकर कहा, "बढ़ा-चढ़ाकर तो की ही होगी। बहन! तुम कुछ ख्याल न करना, अभी मेरा गला ठीक नहीं है, ठीक होने पर, जो आता है, तुम्हें सुना दूंगी।" राजलक्ष्मी ने मुझसे कहा, "तुमने मुझसे कभी न कहा कि कीर्तन सुनना तुम्हें अच्छा लगता है। कमल दीदी, अपने बड़े गुसाईं से कह आओ कि कीर्तन के बाद आज मैं ठाकुर को गाना सुनाऊंगी।" मैंने कहा, "अच्छा होने पर बख्शीश मिलेगी।"

कीर्तन की बैठक शुरू होने पर राजलक्ष्मी कमललता के पास

आ बैठी। नीलाम्बरी साड़ी और नीले रंग का ही ब्लाउज़ पहने हुए है। अत्यन्त शिष्ट शांत है। मेरी ओर भी नहीं देखा, पर आज न जाने क्यों कीर्तनकार बाबा मनोहरदास को गाना जमा नहीं। गाना समाप्त होने पर द्वारकादास बाबा ने राजलक्ष्मी से अनुरोध किया कि देवता को निवेदन करके कुछ सुनाइए। फिर मृदंग की ओर संकेत करके कहा, "इससे कुछ बाधा तो न पड़ेगी ?" उसने कहा, "नहीं।" इसपर लोग विस्मित हो गए, क्योंकि एक साधारण स्त्री से यह आशा नहीं की जा सकती थी।

गाना शुरू हुआ। संकोच की जड़ता को दूर फेंकता अबाध नाद-स्रोत प्रवाहित हो उठा। मैं नहीं जानता था कि वैष्णव कवियों की पदावली पर भी उसका इतना अधिकार है। सुर-ताल, लय, वाक्य की विशुद्धता, भंगी सबमें वह बेजोड़ थी। पत्थर के देवता सामने थे और मैं दुर्वासा पीछे। कहना कठिन था कि उसकी यह आराधना किसको ज़्यादा प्रसन्न करने के लिए थी। बड़े गुसाईं की आंखों से निरन्तर आंसू बह रहे थे। गाना समाप्त होने पर आवेग और आनन्द में उठकर देवमूर्ति के गले से मल्लिका की माला निकाल उन्होंने राजलक्ष्मी को पहना दी और कहा, "प्रार्थना करता हूं, तुम्हारे सब अकल्याण दूर हो जाएं।" राजलक्ष्मी ने झुककर नमस्कार किया, फिर उठकर मेरे पास आई, सबके सामने मेरे चरणों की धूल माथे पर लगाकर धीरे से कहा, "यह माला रखी है, बख्शीश का डर न दिखाया होता तो अभी तुम्हारे गले में पहना देती।" कहकर चली गई। संगीत-सभा समाप्त हुई। लगा — मानो आज जीवन सफल हो गया। एक ओर उसे बुलाकर कहा, "वह माला रख दो, घर लौटकर तुम्हारे हाथों ही पहनूंगा।" बोली, "यहां मन्दिर में पहनोगे तो उतार न सकोगे, इसीका डर है न ?" मैंने कहा, "अब डर नहीं है, यदि सारा विश्व मेरा होता तो आज उसे भी तुम्हें दान कर देता।" उसने कहा, "बड़े दानी ! पर वह तुम्हारा ही रहता न जी ?" मैंने कहा, "आज समझ रहा हूं कि मैं तुम्हारे योग्य नहीं हूं। रूप, गुण, रस, विद्या, स्नेह, सौजन्य से पूर्ण जो धन मुझे अयाचित ही मिल गया है, उसकी संसार में तुलना नहीं है।" मेरा हाथ पकड़ अपने हृदय के पास थोड़ी देर रखकर बोली, "ज़्यादा देर

अंधेरे में लोग खड़े देखेंगे तो हंसेंगे। पर रात में तुम्हें कहां सुलाऊंगी, जगह तो है ही नहीं। तुम्हारी तबीयत अच्छी नहीं है, बीमार पड़ सकते हो।" सचमुच भीड़ के कारण जगह न थी। उस रात किसी तरह खुले बरामदे में मसहरी लगाकर मेरे सोने की व्यवस्था की गई।

दूसरे दिन उठकर देखा, कमल और लक्ष्मी दोनों बहुत फूल तोड़कर लाई हैं। दोनों रात एक ही शय्या पर सोईं। बिलकुल आत्मीय हो गई हैं। कमल ने हंसकर कहा, "अगली बार बड़ी बहिन होकर पैदा हूंगी, तब भोजन में छूत मानने पर इसके कान मल दूंगी।" लक्ष्मी ने कहा, "मैंने भी बदले में एक शर्त करा ली है, गुसाईं, कि यदि मैं मर जाऊं तो यह वैष्णवीपन से इस्तीफा देकर तुम्हारी सेवा में नियुक्त हो जाएगी। तुम्हारे बिना मुझे मुक्ति तो मिलेगी नहीं, मैं भूत बनी इसके सिर चढ़कर काम कराती रहूंगी।"

सवेरे चाय पीकर गौहर की खोज में गया। उससे मुलाकात नहीं हुई। नवीन ने कहा, "सुनाम ग्राम में उसकी विधवा बहिन रहती है। वहां कोई रोग फैला है; बहुत आदमी मर रहे हैं। वहीं गए हैं।" पर वह स्थान कहां है वह कुछ ठीक न बता सका। चक्रवर्ती के घर पूछने गए। उनसे बातें बहुत कीं, पर पता-ठिकाना ठीक न बताया। मैं हारकर चला आया। लौटने पर देखा, एक ज्योतिषी स्लेट-पेंसिल और पंचांग लिए बैठे हैं। राजलक्ष्मी ने कहा, "मेरा हाथ देखकर बताया है, राजलक्ष्मी होऊंगी।" मालूम हुआ कि उसने पांच रुपये दिए हैं। बोला, "मुझे देतीं तो इससे भी अच्छा बता सकता था।" ज्योतिषी ने सुन लिया, बोला, "रुपये की बात नहीं है। सचमुच ऐसा हाथ मैंने नहीं देखा।" उसकी परीक्षा के लिए उसके कहने से मैंने एक फूल—सेमल—का नाम लिया, उसने गणना करके बता दिया, "किसी आदमी के समचार के लिए चिन्तित हैं। एक-दो दिन में ही अच्छा समाचार मिलेगा।" अब कमललता के कहने पर मैंने भी हाथ बढ़ा दिया। देखकर बोला, "आपपर जल्द ही बड़ी विपत्ति आनेवाली है। मरने-जीने की बात है।" राजलक्ष्मी की ओर देखा—उसका मुख विवर्ण हो गया है। ज्योतिषी ने राजलक्ष्मी का हाथ एक बार फिर देखना चाहा। वह बोली "नहीं, बस, देख चुके।"

दक्षिण के बरामदे में अपनी खाट पर जा बैठा। राजलक्ष्मी चाय

ले आई। देखा, मुंह उदास हो रहा है। चाय सामने रखकर बोली, "देखो, जंगलों में मत घूमा करो। आफत आते कितनी देर लगती है! गले में आंचल डाला, हाथ जोड़ तुमसे प्रार्थना करती हूं, मेरी बात मानो। अच्छा, तुम्हारी दोनों आंखें लाल क्यों हैं?" उसने मेरे सिर पर हाथ रखा, फिर छाती पर हाथ रखकर बोली, "जो सोचा था, वही निकला कमल दीदी, देखो इनका शरीर गर्म नहीं है?" कमल बोली, "होने दो, अगर ज्वर ही हो तो हम इसकी व्वस्था कर देंगी बहिन! चिन्ता न करो। इस क्षेत्र में ज्योतिषी की बात ठीक न होगी। सवेरे से ही धूप में घूमते रहे हैं इसलिए शरीर गर्म हो गया है। सुबह तक ठीक हो जाएगा।"

जाने के दिन बड़े गुसाईं से विदा लेने गए। वे बोले, "आज जा रही हो दीदी, तब अंधकार हो जाएगा। सच्चे प्रेम के बारे में हम कितना कम जानते हैं, पर तुम जान सकी हो बहिन! इसीसे कहता हूं। जिस दिन वह प्रेम कृष्ण को अर्पण कर दोगी, आनन्दमयी ......" उसने बीच में ही सिहरकर कहा, "ऐसा आशिर्वाद मुझे मत दो गुसाईं। आशिर्वाद दो कि इसी तरह हंसते-खेलते इनके सामने ही एक दिन मर जाऊं। एक तो दुर्बल है इनका शरीर, फिर एक न एक रोग लगा रहता है। मैं सदा डरती रहती हूं।" मैं बोल उठा, "मेरे दुर्बल शरीर की भले ही निन्दा कर लो, पर इसका विनाश नहीं है। तुम्हारे मरने के पहले मैं मरनेवाला नहीं।" उसने झट मेरा हाथ पकड़कर कहा, "तब इन सबके सामने मुझे छूकर तीन बार कसम खाओ कि यह बात झूठी न होगी।" सब अवाक् हो गए। लज्जावश उसने हाथ छोड़ दिया। आंखों से आंसू ढरक पड़े।

विदाई के समय बड़े गुसाईं ने वादा किया कि कलकत्ता आने पर हमारे यहां पधारेंगे। पद्मा ने शहर नहीं देखा था। उसने भी आने का वचन दिया।

९

हमारे बर्मा आफिस के एक ऊंचे दर्जे के साहब ने घुड़दौड़ में सर्वस्व गंवाकर मुझसे कुछ रुपये उधार लिए थे। इस बार कलकत्ता लौटकर रुपये मंगाने पर उसने ऋण की चौगुनी रकम भेज दी। क्योंकि

उससे बात ही हुई थी कि मुनाफे में से भी आधा मुझे देगा। सात-आठ हजार रुपए थे। मैंने यह बात लक्ष्मी को बताई तो वह बोली, 'यह रकम मुझे देनी पड़ेगी। इससे मैं अपने भरण-पोषण की व्यवस्था करूंगी। मेरे पास जो रुपया है, वह दूसरे कामों के लिए है। मेरी भविष्य की पूंजी वही होगी जो तुमसे मिलेगी। उसीसे खाऊंगी, नहीं तो उपवास करूंगी। एक दिन जानोगे कि मेरे धन के बारे में तुम जो सन्देह करते हो वह सच नहीं है। मेरा रुपया तुम घृणावश छूते तक नहीं; तुम्हारी घृणा से मेरी छाती फट जाती है। तुम क्या समझते हो कि अधर्म की कमाई से मैं देवी-देवताओं की सेव-पूजा करती हूं ? ऐसा धन तुम्हारी चिकित्सा में लगाती तो क्या तुम्हें बचा सकती? पर तुम कहां विश्वास करते हो कि मैं तुम्हारी ही हूं ! दो दिन के परिचय में कमललता की कहानी तुमने सुन ली, पर मेरी कभी पूछी? न मेरा विश्वास करते हो, न अपने ऊपर करते हो। नहीं, तुम्हें सुनना होगा। मां ने बचपन में मुझे एक मैथिल राजकुमार के हाथ बेच दिया। मैं नित्य भगवान से प्रार्थना करती, रोती कि उसे साक्षी बनाकर जिसके गले में माला डाली थी, क्या उससे फिर भेंट न होगी? ···राजपुत्र एकाएक मर गया। मां ने मुझे फिर बेचना चाहा। मैं जान पर खेलने को तैयार हो गई। मां विदा हो गई। और मेरी मौत की कहानी फैला दी गई। उन दिनों मुझे एक बूढ़ा उस्ताद गाना-बजाना सिखाता था। बंगाली था, कभी संन्यासी रह चुका था, उसके घर मुसलमान स्त्री थी। मैं उसे बाबा कहती थी, वह भी मुझे बड़ा प्यार करता था। उसके साथ अनेक नगरों में घूमी। फिर पटना में आकर आश्रय लिया। आधा रुपया एक महाजन के यहां जमा कर दिया, एक मनिहारी और कपड़े की दुकान खोल ली। बंकू को बुलाकर पढ़ने बिठाया। उसके बाद की कहानी तुम जानते ही हो। बोलो, विश्वास करते हो?" मैंने कहा, "मेरा विश्वास है कि तुम मुझसे झूठ नहीं बोल सकतीं।" बोली, "मेरे मन की बात कैसे जान ली? मैं तो तुम्हारी दासी हूं। बस, उतना ही रहना चाहती हूं। जानते हो, पूजा समाप्त करके किसके पैरों पर जल चढ़ाती हूं, फूल देती हूं? तुम्हारे ही न?"

वह चली गई और मेरे लिए चाय ले आई। बोली, "हम गंगा-

माटी जाएंगे।' मैंने कहा, "पर वहां सुनन्दा के पल्ले पड़ गई तो!" बोली, "अब वह मोह दूर हो गया है। जो गलती वहां की थी, इस बार उसे सुधारूंगी।" मैंने कहा, "किन्तु अभया? बर्मा?" बोली, "बर्मा नहीं जाना होगा। न होगा, अभया को मैं लाऊंगी। तुम्हें नहीं जाने दूंगी।"

१०

इसी तरह दिन कट रहे थे कि राजलक्ष्मी यात्रा की तैयारी करने लगी। जिस दिन जाना था, उसने मेरे हाथ में एक पोस्टकार्ड देकर कहा, "मेरी चार पन्ने की लम्बी चिट्ठी का यह उत्तर आया है।" देखा, कमललता की चिट्ठी है, लिखा है, "सुख से ही हूं बहिन। जिनकी सेवा में अपने को निवेदित कर दिया है, मुझे अच्छा रखने का भार भी उन्हींपर है। यही प्रार्थना करती हूं कि तुम लोग सकुशल रहो। बड़े गुसाईंजी अपनी आनन्दमयी के लिए श्रद्धा प्रकट करते हैं—इतिश्री श्रीराधाकृष्ण-चरणाश्रिता कमललता।" उसने मेरे नाम का उल्लेख नहीं किया है, पर इन अक्षरों के पीछे न जाने कितनी बातें छिपी रह गई हैं। चिट्ठी पर आंसू का दाग खोजने लगा, पर नहीं मिला।

एक दिन गंगामाटी पहुंच गए। सारे गांव ने प्रसन्नता प्रकट की। इसके बाद पोड़ामाटी गांव खरीदने तथा अन्य योजनाओं का यत्न चलने लगा। पर अकेला मैं कोई उत्साह नहीं अनुभव करता हूं। इससे किसीको विस्मय नहीं होता। मैं दुर्बल हूं; कभी हूं, कभी नहीं हूं। फिर भी कोई बीमारी नहीं है, खाता-पीता रहता हूं। कभी किताब पढ़ते दिन बीत जाता है, कभी अपनी कहानी लिखते। पर इतना निश्चित है कि कर्म की प्रेरणा मुझमें नहीं है। घर-बार, रुपया-पैसा, ज़मीन-जायदाद, मान-सम्मान मेरे लिए छायामय हैं। पर स्मृति का आलोड़न नहीं जाता। रह-रहकर वैष्णवी कमललता का स्नेहानुरोध 'नये गुसाईं, यह कर दो न भाई!' याद आ जाता है। वह आश्रम से भागने को कह रही है; शायद किसी दिन वही खबर मिलेगी। यह कल्पना करते ही आंखों में आंसू आ जाते हैं कि वह निराश्रय पथ पर घूम रही है। राजलक्ष्मी हज़ार कामों में फंसी

होने पर भी बार-बार आकर मुझे देख जाती है। कभी हाथ की किताब हटाकर कहती है, "ज़रा सो जाओ न, मैं सिर पर हाथ फेरती हूं। इतना पढ़ने से आंखें दुख जाएंगी न !"

राजलक्ष्मी गांव खरीदने में लगी हुई है। इसी समय कलकत्ता तथा अन्य स्थानों में घूमती एक चिट्ठी मिली। नवीन ने भेजी है, लिखा है--"गौहर मृत्युशय्या पर है, तुम्हारी राह देखता जी रहा है।" छः दिन पहले की चिट्ठी है। पता नहीं अब तक मरा या जीता है। राजलक्ष्मी ने कहा, "मैं भी साथ चलूं ?" मैंने कहा, "इस आफत के समय तुम कहां जाओगी ?" बोली, "तब जाकर रोज़ चिट्ठी दोगे ? एक दिन चिट्ठी न मिलने पर मैं स्वयं आ जाऊंगी, चाहे तुम कितने नाराज़ हो। वादा करो, शरीर की उपेक्षा न करोगे।" वादा किया तब भी उसका मुंह पीला पड़ गया। बैलगाड़ी स्टेशन को रवाना हो गई।

आषाढ़ का महीना था। गौहर के मकान पर पहुंचा। नवीन से पूछा तो मालूम हुआ कि गौहर परसों मर गया, कल दफनाया गया है। मैंने पूछा, "कहां दफनाया गया ?" बोला, "नदी किनारे, आम के बगीचे में। उनकी यही इच्छा थी। ममेरी बहिन के यहां से बुखार लेकर जो लौटे तो वह बुखार नहीं गया। बड़े गुसाईं कभी-कभी आते थे। कमललता भी।" मैंने पूछा, "कमल कब आई थी ?" बोला, "रोज़ आती थी। अंतिम तीन दिनों में उसने खाना-सोना सब त्याग दिया था, बाबू के बिछौने से एक बार भी नहीं उठी।" फिर वह चुप हो रहा। फिर पूछा, "अब अखाड़े जाएंगे ?" मैंने कहा, "हां।" "ज़रा ठहरिए।" कहकर वह अन्दर गया और टीन का एक सन्दूक निकाल लाया। बोला, "आपको देने को कह गए हैं।" खोलकर देखा, उसकी कविता की कापियां बंधी रखी हैं। ऊपर लिखा है, "श्रीकान्त, रामायण समाप्त करने का समय नहीं मिला। बड़े गुसाईंजी को दे देना। वे इसे मठ में रख देंगे।" फिर देखा, सूती लाल कपड़े की एक पोटली में नोट हैं। साथ ही चिट पर लिखा है "श्रीकान्त ! मैं नहीं बचूंगा। पता नहीं तुमसे भेंट होगी या नहीं। रुपये तुम्हें दिए जा रहा हूं, कमललता के काम आएं तो दे देना। अगर न ले, तो जो इच्छा हो करना। अल्लाह तुम्हारा भला करे।

—गौहर।"

दान का गर्व नहीं, अनुनय-विनय भी नहीं। भय नहीं, क्षोभ नहीं, हाय-हाय से मृत्यु का प्रतिवाद नहीं। मेरी आंखों से टप्-टप् आंसू चू पड़े।

आश्रम पहुंचा। देखा, बड़ी भीड़ है। द्वारकादासजी ने अभ्यर्थना की। मेरे आगमन का हेतु जान गए। गौहर के लिए दुःख व्यक्त किया। उनके मुंह पर न जाने कैसा उद्‌भ्रान्त भाव था, जो पहले कभी नहीं देखा था। खबर मिलते ही पद्मा आई, परन्तु उसके मुंह पर भी हंसी नहीं। कुछ देर बाद कमललता ने आकर नमस्कार किया, बोली, "आओ गुसाईं! मेरे कमरे में चलकर बैठो।" बिस्तर स्टेशन पर छोड़, सिर्फ बैग साथ लाया था, गौहर का बक्स मेरे नौकर के सिर पर था। बोला, "रख लो, इसमें बहुत रुपये हैं।" कमल ने कहा, "मालूम है।" कहकर वह चाय तैयार करने चली गई। पद्मा मुंह-हाथ धोने के लिए पानी रख गई। थोड़ी देर में कमललता चाय और कुछ फल-मिठाई लाई। भूख लगी थी, तुरन्त खाने बैठ गया। थोड़ी देर बाद संध्याकालिक आरती होने लगी, पर वह नहीं गई। तब पूछने पर मालूम हुआ कि बड़े गुसाईं के गुरुदेव ने देवता के कमरे में उसका जाना बन्द कर दिया है। कहते हैं, यह अपवित्र है, इसकी सेवा से देवता कलुषित हो जाएंगे।

"तुम अपवित्र हो? गौहर के कारण सन्देह हुआ था?"

"हां।"

"यह झूठ है, असम्भव है। इससे बढ़कर मिथ्या और कुछ नहीं है। मानव-समाज में शायद मृत्यु-पथ-यात्री बन्धु की एकान्त सेवा का ऐसा ही पुरस्कार दिया जाता है।" उसकी आंखों में आंसू आ गए। बोली, "अब मुझे कोई दुःख नहीं। देवता तो अन्तर्यामी हैं। उनके निकट डर नहीं था। डर था एक तुमसे। आज मैं निर्भय होकर जी गई गुसाईं। अब यहां रहना नहीं हो सकता। जानती तो थी कि एक दिन यहां से जाना होगा, पर यह नहीं सोचा था कि इस तरह जाना होगा। केवल पद्मा के विषय में सोचकर दुःख होता है। लड़की है; उसका कहीं कोई नहीं है। उसका ख्याल रखना। यहां न रहना चाहे तो राजलक्ष्मी को दे देना, वे जो उचित समझेंगी,

करेंगी। और मैं भिखारिन, इन रुपयों का क्या करूंगी। कभी ज़रूरत पड़ी तो तुमसे मांग लूंगी। दूसरे के रुपये क्यों लेने लगी ?"

खा-पीकर सोया। सुबह उठा तो कमल नहीं दिखाई पड़ी। पद्मा ने बताया कि वह शाम को आती है, दिन-भर न जाने कहां रहती है। मैं डर गया कहीं चली न गई हो और मुझसे अब भेंट न हो सके। मैं द्वारकादासजी के पास गया, उन्हें गौहर की रामायण दी। उन्होंने कहा, "आश्रम के सब ग्रंथों के साथ इसे आदरपूर्वक रखा जाएगा।" मैंने पूछा, "कमललता पर लगाए गए अपवाद पर आपको विश्वास है ?" वे बोले, "बिलकुल नहीं।" मैंने कहा, "तब भी उसे जाना पड़ रहा है ?" बोले, "मुझे भी जाना होगा गुसाईं !" निर्दोष को दूर कर स्वयं बना रहा रहूं तो व्यर्थ ही इस रास्ते पर आया और इतने दिन उनका नाम लिया। आज मैं जा रहा हूं गुसाईं !" देखा, उनकी आंखों से आंसू गिर रहे हैं। मुझे नमस्कार किया, मैं भी नमस्कार कर चला आया।

धीरे-धीरे संध्या हो गई, कमललता नहीं आई। नवीन का आदमी स्टेशन ले जाने के लिए जल्दी करने लगा। मैं समझ गया कि विदाई की कठोरता बचाने के लिए कमल पहले ही चली गई है। दूसरा वस्त्र भी साथ नहीं लिया है। जाते समय पद्मा रोने लगी। मैंने कहा, "तुम्हारी जो इच्छा हो मुझे लिख भेजना पद्मा !"

११

स्टेशन पर देखा—कमल एक ओर खड़ी है। पास आकर बोली, "वृन्दावन जाऊंगी, एक टिकट कहीं नज़दीक का खरीद दो।" मैंने पूछा, "सब छोड़ आई, दुःख नहीं होता ?' बोली, "यह बात क्यों पूछते हो ? सब जानते तो हो ?"

"चलो साथ, जितनी दूर तक साथ चल सकेंगे, एकसाथ चलेंगे।" कहकर दोनों गाड़ी में जा बैठे। मैंने पास ही उसके लिए बिछौना बिछा दिया। बोली, "क्या करते हो ?" मैंने कहा, "जो कभी नहीं किया—सदा याद रखने के लिए।" उसने कहा, "सचमुच याद रखना चाहते हो ?" मैं बोला, "सचमुच ही कमल ! तुम्हारे सिवा यह बात कोई न जानेगा।"

गाड़ी कितने गांव, नगर पार करती चली जा रही है। वह अपने जीवन की कथा मुझे सुना रही है। जब मुरारीपुर आश्रम में आने की बात आई तो मैं बोल उठा, "जानती हो बड़े गुसाईं तुम्हारे कलंक पर विश्वास नहीं करते। मेरे आते समय उनकी आंखों में आंसू थे और वे स्वयं आश्रम छोड़कर जा रहे हैं। अब तो मठ टूट जाएगा।" बोली, "नहीं टूटेगा, भगवान कोई मार्ग दिखाएंगे।" मैंने पूछा, "वे लोग पश्चात्ताप करके कभी तुम्हें लौटाना चाहें तो जाओगी?" उसने कहा, "नहीं।" मैंने कहा, "अब तुमसे कहां भेंट होगी?" वह चुप पड़ गई। मैं समझा, थककर सो गई है। मैं भी सो गया। एकाएक उसकी आवाज़ कान में पड़ी, "उठो, सिंथिया स्टेशन आ गया। तुम्हारी गाड़ी खड़ी है।" मैंने देखा, बिछावन समेटकर उसने मेरे पास रख दिया है। मेरी ज़रा भी चीज़ नहीं ली। कपड़े देने चाहे तो बोली, "ये कपड़े भिखारिन के शरीर पर कैसे लगेंगे!" मैं उतरने लगा तो बोली, "ज़रा ठहरो, यहां कोई है नहीं। ज़रा छिपकर तुम्हें प्रणाम कर लूं।" कहकर मेरी पदधूलि ले ली।

गाड़ी की सीटी बजी। कमल ने खिड़की से हाथ बढ़ाकर पहली बार मेरा हाथ अपने हाथ में ले लिया। बोली, "तुमसे कभी कुछ नहीं मांगा। आज एक बात मानोगे?"

"हां, मानूंगा।"

"जानती हूं, मैं तुम्हारे कितने आदर की हूं, किन्तु आज विश्वासपूर्वक उसके पादपद्मों में मुझे सौंपकर निर्भय हो जाओ। मेरे लिए सोचकर अपना मन खराब न करना, मेरी यही प्रार्थना है।"

गाड़ी चल दी। मैंने कहा, "तुम्हें उन्हींको सौंपा। वही तुम्हारा भार लें। तुम्हारा पथ और साधना निरापद है। तुम्हें अपनी कहकर तुम्हारा असम्मान न करूंगा।" हाथ छोड़ दिया। गाड़ी दूर होने लगी। अन्धकार में दूर से यही मालूम पड़ा कि वह मुझे अन्तिम नमस्कार कर रही है।

○ ○ ○